9787510 230860

中华民族的故事

上

高洪雷 ◎ 著

图书在版编目（CIP）数据

中华民族的故事：全二册 / 高洪雷著. -- 武汉：长江文艺出版社，2023.9(2025.5 重印)
（百读不厌的经典故事）
ISBN 978-7-5702-3086-0

Ⅰ.①中… Ⅱ.①高… Ⅲ.①故事－作品集－中国－当代 Ⅳ.①I247.81

中国国家版本馆 CIP 数据核字(2023)第 071915 号

中华民族的故事
ZHONGHUA MINZU DE GUSHI

| 责任编辑：田敦国 | 责任校对：程华清 |
| 封面设计：一壹图书 | 责任印制：邱 莉　王光兴 |

出版：长江出版传媒　长江文艺出版社
地址：武汉市雄楚大街 268 号　　　邮编：430070
发行：长江文艺出版社
http://www.cjlap.com
印刷：武汉中科兴业印务有限公司

开本：720 毫米×1000 毫米　　1/16　　印张：33.5
版次：2023 年 9 月第 1 版　　2025 年 5 月第 2 次印刷
字数：296 千字

定价：68.00 元（全二册）

版权所有，盗版必究（举报电话：027—87679308　87679310）
（图书出现印装问题，本社负责调换）

目　录

序 / 001

遗落在历史长河中的明珠 / 003

第一章　汉族——世界上人口最多的民族 / 001

受封汉王的那一刻，年届五十的刘邦失落得如同霜打的茄子。在他眼里，四面环山、交通不便的汉中盆地，比起肥沃而富庶的关中平原，有着云泥之差、天壤之别。但谋士萧何的一番话，让他脸上的皱纹绽成了灿烂的花朵……

第二章　匈奴——胡人的故事 / 017

接到这封极其下作的信，吕后和部分武将勃然大怒，立刻准备兴兵讨伐冒顿,幸亏大将季布以刘邦被围的教训相劝,才使得大家冷静下来。随后,吕后口述了一封回信:"我人老了,头发、牙齿掉了,走路也不稳了,不值得你爱了。为表达谢意,送点车马,请你笑纳。"

第三章 鲜卑——逐鹿中原的生力军 / 059

无论是金刚怒目地红一回,还是如蝶翩翩地飞一回,落叶对待秋风如同人类对待命运,选择了不同的甚至另类的方式,起码会让秋天多一分斑斓的景致。慕容超的结局何尝不是如此?

第四章 羌(qiāng)——西部牧羊人 / 089

西夏来如雷霆收震怒,罢如江海凝清光,如一节戛然而止的雄浑乐曲,又像一个血腥而又浪漫的噩梦……

第五章 氐(dī)——兵败淝水的历史童话 / 113

世事东流水,乾坤一局棋。淝水之战,使中国的统一整整延缓了两个世纪,也导致苻坚的前秦轰然倒地,并使他千秋万代也洗不去——风声鹤唳、草木皆兵这两道耻辱的印记……

第六章　柔然——昙花一现的游牧帝国 / 137

  联合攻击君士坦丁堡未果，严重地挫伤了阿瓦尔人的锐气，阿瓦尔汗国开始沉沦。难道他们真的没有出头之日了吗？萧伯纳明明说过："没有一个黑夜是 24 小时的。"但萧伯纳没有去过北极，不知道世界上还有极夜……

第七章　突厥——从大草原走向东罗马 / 153

  看穿了，其实没有什么人云亦云的"终结"和"开始"，有的只是一座围城的大门，作为不世之才的颉利和李世民相视一笑，擦肩而过……

第八章　回纥——千里送鹅毛 / 175

  在这个世界上，有很多人死得正是时候，免受了他日的磨难和难堪，同时又成为世人心目中的童话。因为现实和理想、岁月与人的命运之间总有差距，而逝去的永远都是回忆、只有美好……

第九章 黠戛斯——帕米尔雄鹰 / 199

　　刘彻可不是傻瓜，他一下就看透了李陵的心思。也许是为了杀一杀他的威风，历史上最英明的汉家天子居然主动犯了一次低级错误，给了李陵一个顺竿爬的机会……

第十章 契丹——铁国、铁族与铁骑 / 219

　　她命令太子耶律倍和元帅耶律德光乘马立在帐前，将文臣武将集中在帐中，然后对众人说："我对两个儿子都十分疼爱，但不知让谁继承汗位为好，我现在将决定权交给你们，你们拥护谁，就去为谁牵马吧。"

中华民族历史脉络图 / 245

序

读高洪雷的《中华民族的故事》，兴味十足，多获新知。

作者在书中说，多年前有年轻人问他："丝绸之路上的绿洲城邦为何消失了？譬如乌孙、月氏、楼兰。如日中天的草原帝国为何远去了？譬如匈奴、柔然、突厥。逐鹿中原的游牧部落是怎样被融合的？譬如鲜卑、羯人、氐人、羌人。星光闪烁的南方诸侯是否还有后裔？譬如越国、夜郎、南诏、大理。"为了回答这类问题，他踏上了探寻中华民族历史的漫长旅程，于是有了这本三十多万言的大书。

其实，不必年轻人，即如我这样不年轻的读书人，对于中国历史上这些名称耳熟能详的部落和属国，又何尝知其来龙去脉，何尝不想知其前世今生？中国有五十六个民族，对于它们的历史，我们往往只是一知半解，道听途说，甚至张冠李戴，以讹传讹。比如人口众多的回族，我也一直误以为是比较汉化的维吾尔族，哪里知道它竟是迁入中国境内的波斯人、阿拉伯人等与维吾尔族、蒙古族、汉族通婚融合而成。在中华民族的历史舞台上，少数民族常扮演重要的角色，有时还扮演主角，所以，不了解少数民族史，不但是对另一半中国史的无知，而且必定不能真正看懂整部中国史。由此可见，这个方面的扫盲是多么必要。

我十分敬佩作者，一个并非专门研究中国历史的人，只因为发现了这个领域里的一个空白，由个人的兴趣而产生了一种使命感，不问功利，潜心求索，这种纯粹的精神正是今天的中国人最缺乏的。历时十年之久，作者认真翻阅中国古代典籍和相关历史著作，不辞辛劳实地寻访踪迹，并且力求其全，务必厘清今存每一个民族发源、迁移、融合、演进的线索，查明曾经存在而现已消失的部落或民族的去向和归宿，立志要使模糊的民族渊源变得清晰，残缺的民族记忆得以连贯。在一定的意义上，他是在描绘中华民族文化基因的完整图谱，这是何等有价值的工作。

本书不是学术专著，而是史话类作品，目标人群是普通读者，因此其主要方式是用生动的故事串起历史的脉络，有很强的可读性。可贵的是，作者是以学者的认真来写通俗史话的，务求出之有典，言之有据。当然，本书题材涉及如此久远的历史和众多的民族，在史实的判断和取舍上不出错是不可能的，方家尽可加以指正。

周国平

2016 年 5 月 1 日

遗落在历史长河中的明珠

银河天汉,星辰闪耀,日月相交,熠熠争辉。中华各民族就如同这满天的星辰,在历史的长河中此消彼长,分化融合,最终开出五十六朵绚丽的民族之花;即便消失,也会像恒星衰变之时,爆发出最美最绚烂的光芒,燃烧自己,照亮别人。

当我捧着这部厚厚的书稿时,心情是轻快的。这是一部在我看来的全新史书,它囊括了中华民族这个大家庭,让每个民族都闪耀着炫目的星辰之光。

当我捧着这部厚厚的书稿时,心情又是沉重的。中国历史上的许多民族,就如遗落在银河中的明珠,亟待我们去找寻、发掘。

其实,阅读史书本来是一件十分有趣的事儿。许多人之所以对历史不感兴趣,是因为这门原本趣味盎然、千折百回的学科,被拆解为单纯的时间、地点、人物、事件、原因、结果、意义,编成一种用来应付考试的干巴巴的教材。这种方式,就像把一盘热气腾腾、芳香扑鼻的佳肴,冷却、风干，分解成各种原料：维生素、糖、盐、花椒、味精，让你一样一样吃下去，我想象不出世上还有比这更愚蠢的事了。

这本书既没有断代史的宏伟，也没有编年史的缜密，最多算是历史溪流中叮咚流淌的各个民族的传奇故事。在书中，作者将用轻松闲适的笔调，通过一系列引人入胜的历史故事，带领大家突破尘封的历史大门，呈现出一幅中华民族各成员的起源、成长、碰撞、交往和共同开拓祖国疆域的瑰丽画卷，展示给和我一样对历史有兴趣并希望快乐读史的万千读者，让大家在和风细雨中感受历史人物惊涛拍岸的英雄情怀，用跌宕起伏的历史故事给读者带来人生的启迪。

那就让我们穿越"秦时明月汉时关"，跨过那巍峨的万里长城和浑水滚滚的黄河，进入一望无际、舒卷着祥云、滚动着麦浪的中原大地——汉族人的精神家园。

第一章　汉族——世界上人口最多的民族

> 汉,原指天河,亦称云汉、银汉、天汉。
>
> ——上海辞书出版社《辞海》

汉，意思是天汉、银河，是一个璀璨夺目的美丽名称。汉中上应天汉，下得人利，背靠巴蜀，俯瞰三秦，是一个决胜天下的龙兴之地啊！

一　巨大的问号

我们生于斯、长于斯、长眠于斯的地球，诞生于四十六亿年前，是太阳系八大行星之一，也是一百光年范围内存在智能生物的唯一天体。截至今天，地球已经走过了太古代、元古代、古生代、中生代、新生代五个地质年代。

与漫长的地球史和生命史相比，人类在地球上的存在只是短暂的一瞬。直到三百万年前的新生代第三纪后期，地球上才出现了高等动物——古猿；二十万年前，人类的老祖母——夏娃方才在非洲诞生；十三万年前，由于人口剧增且资源有限，晚期智人才从一望无际的东非大草原启程走向世界；七万年前，这些流浪者的后裔辗转到达中东、亚洲，然后分别从中东向欧洲，从亚洲向美洲、大洋洲扩散。

到如今啊，连只有企鹅才能生存的南极洲和奔跑着北极熊的北冰洋都印上了人类的足迹，地球已经第一次在同一时间承载了如此多的人口——八十亿。在这个人满为患的星球上，生活着两千多个民族，其中十个民族的人口超过了一亿。印度尼西亚的爪哇族以约一亿人口排名第十；俄罗斯族约有一点二亿，排名第九；旁遮普族人口约有一点二四亿，排名第八；日本的和族约有一点二七亿，排名第七；马来族人口约有一点二八亿，排名第六；阿拉伯人约有二点三亿，排名第五；来自南亚次大陆古老的孟加拉族约有二点三七亿，排名第四；盎格鲁撒克逊人约有二点六亿，排名第三；排名第二的印度斯坦族约为六亿。而根据最新的人口普查公报，汉族总人口已达十二点八六亿，约占世界总人口的16%。

那么，这个全世界最大的族群，这个以"汉"为名的人类群体，他们共享的这个"汉"字究竟源自何处呢？

这还需要将历史时针倒拨两千年，回到那个杀伐盈野、成王败寇的动乱年代。

二　刘邦被封汉王

公元前206年初，由千古一帝秦始皇所缔造的秦王朝走下了神坛，反秦联军已经完成了既定目标。接下来，该论功行赏了。负责颁布封赏令的，并非联军领袖楚怀王熊心，他只是造反者为了增强号召力而抬出来的一个招牌。而联军的话语权与控制权，集中在"力拔山兮气盖世"的青年将军项羽身上。

早在反秦联军西进之前，楚怀王就与将军们约定："先入定关中者王之。"随后，诸侯联军在彭城（今江苏徐州）兵分两路，一路由沛公刘邦率军西征，一路以宋义为上将军、项羽为次将、范增为末将率军北上。就在项羽杀掉畏缩不前的宋义，自立为北路军统帅，与秦朝主力决战之际，刘邦已顺利逼近秦都咸阳，迫使秦王子婴出城投降。按照约定，刘邦完全可以心安理得地占据咸阳，成为"关中王"。但他听从部下的建议，既没有杀掉子婴，也没有在咸阳城中驻扎，更没有抢劫秦朝府库中的财物，而是收拢军队驻扎在灞上（今陕西西安东部的白鹿原），并贴出告示约法三章："杀人者死，伤人及盗抵罪。"此举赢得了咸阳民众的一片叫好声，人们唯恐刘邦不当秦王。

进军途中的项羽听说刘邦已率先进入关中，勃然大怒，准备率领手下的四十万大军与刘邦手下的十万大军决一死战。无奈之下，刘邦只得亲率百余名骑兵，来到项羽驻扎的鸿门（今陕西临潼的鸿门堡村），以下属见长官的礼仪拜见了项羽，托人献上了价值连城的珍宝，并且以诚惶诚恐的口气说："我并未进入咸阳，城内的所有美女、财宝、宫殿都给您留着呢！"

项羽的虚荣心得到了极大的满足，他再也听不进范增"杀刘邦以绝后患"的警告，对温顺如猫的刘邦给予了特别的宽容，刘邦也得以成功躲过了笼罩着刀光剑影、弥漫着血雨腥风的"鸿门宴"。

此后，项羽率兵摇头晃脑地进入咸阳，杀死了已经投降的子婴，抢光了秦宫的所有美女与财物，放火焚烧了两代秦皇历尽千辛万苦建成的王宫，长达三个月不熄的烈焰映红了两千年前那片诡异的历史长空。一位没有留下姓名的谋士规劝项羽说："关中四面都有要塞，还有山河作为屏障，易守难攻，沃野千里，是建都称霸的绝佳之地。"但项羽见巍巍秦宫已被自己亲手变成断壁残垣，自己又迫切希望东归故乡，于是回应说："富贵不归故乡，如锦衣夜行，谁又能知晓呢？"那位劝他的人又说："有人说楚人'沐猴而冠'，现在看果然如此。"项羽听完这句话，就把劝他的人扔进大锅像野猪一样煮了。

在得到楚怀王的同意后，项羽自立为西楚霸王，尊楚怀王为义帝，然后一下子封了十八个诸侯王。

但项羽主持分封的过程并不顺利，最大的麻烦是如何分封刘邦。按照义帝的事先约定，刘邦应该王关中。但项羽与范增认为，关中乃秦朝中心，有帝王之气，而刘邦又有取天下的雄心，于是决定不让刘邦王关中。但如果不让刘邦王关中，又会落得个负约的骂名。

最后,还是诡计多端的范增想出了一个办法:"秦国的许多百姓都去了巴蜀,巴蜀也是关中的一部分,我们把巴蜀、汉中封给刘邦,立他为汉王,这样,我们就不负约了。"

就这样,项羽封刘邦为汉王。而且,为了防备刘邦从汉中进入关中,项羽将关中一分为三,封给了秦朝的三个降将——章邯(hán)为雍王,司马欣为塞王,董翳(yì)为翟王。这也是关中后来被称为"三秦"的原因。

人间四月芳菲尽,沿途落英缤纷。心满意足的项羽,带着如云的美女和无数的财宝东归楚国。一脸沮丧的刘邦也卷了铺盖,怀揣项羽颁发的汉王大印,带着手下的几个侯——建成侯曹参、临武侯樊哙、昭平侯夏侯婴、威武侯周勃、建武侯靳歙(xī),匆匆赶往自己的封地——汉中。

三 从汉中雄起

受封汉王的那一刻,年届五十的刘邦失落得如同霜打的茄子。在他眼里,四面环山、交通不便的汉中盆地,比起肥沃而富庶的关中平原,有着云泥之差、天壤之别。但谋士萧何的一番话,让他脸上的皱纹绽成了灿烂的花朵。萧何说:"汉中,语曰天汉,其称甚美,愿王王汉中，收用巴蜀，还定三秦，天下可图也！"

也就是说，汉，意思是天汉、银河，是一个璀璨夺目的美丽名称。汉中上应天汉，下得人利，背靠巴蜀，俯瞰三秦，是一个决胜天下的龙兴之地啊！

打开中国地理图就会发现，萧何的话并非故弄玄虚。汉中北依秦岭，南濒巴山，中间为中国著名的粮仓——汉中盆地。这里是中国南北气候分界线、江河分水岭，四季分明、气候温润、冬无严寒、夏无酷暑，植被茂密，土地肥沃。境内流淌着汉江、嘉陵江等五百六十七条河流。汉中地区的母亲河——汉江，是长江最大的支流，流经陕西、湖北，最终在汉口龙王庙汇入长江，全长达一千五百七十七千米。有别于浊浪滚滚的黄河和奔腾咆哮的长江，这条静卧在中国中部的汉江，更多时候是以一种沉静、温婉的形象出现在世人的面前，如慈母般静静哺育着沿岸的子民，历经沧桑，波澜不惊。

此后的刘邦，尽管脸上仍挂着冰霜，但内心已扬起出海的风帆。同年四月，他领兵进入汉中，烧毁了栈道（用木板架在悬崖上形成的道路），表示再也无意出兵关中，用来麻痹虎视眈眈的项羽。当年晚些时候，刘邦就拜韩信为大将，明修栈道，暗度陈仓（今陕西省宝鸡市东），以为义帝发丧的名义，出兵讨伐弑杀义帝的项羽，开始了和项羽长达四年的楚汉之争，最终在垓（gāi）下（今安徽省灵璧县境内的霸王城）大败项羽，逼使对手自刎乌江。

公元前 202 年 2 月 28 日，刘邦在山东定陶登基称帝，初期定都洛阳，不久正式定都长安。他没有忘记萧何曾经的劝说，没有忘记助自己问鼎天下的龙兴之地，仍旧把国号定为"汉"，史称西汉或前汉。后来，刘秀灭亡王莽的新朝称帝后，仍把国号定为"汉"，史称东汉或后汉。两汉的国祚，一直延续了 407 年。

大汉王朝，北跨大漠，南到岭南，东临海滨，西达西域，成为史上唯一可以与后来的大唐王朝并驾齐驱的强盛帝国，并奠定了中国的国家基础、民族基础与文化基础。这一时期，也是中国文化由先秦华夏多元文化向汉民族统一文化过渡并定型的关键时期，以中央集权的"大一统"王朝为主干，以孔子倡导的儒家文化为血脉，以汉语、汉字为纽带，一个生生不息、英姿勃发的庞大族群开始傲然屹立于世界民族之林。而"汉人"的称谓，也随着汉朝的强盛而名播四方并沿用至今。

其实，汉人这一称谓的形成，经历了一个漫长、曲折、交叉的发展过程。整个西汉时期，周边各族仍沿袭秦代的习惯，称中原居民为"秦人"，司马迁在《史记·大宛列传》中就有"闻宛城中新得秦人知穿井"的表述。直到东汉时期，人们才开始将"秦人"与"汉人"并用，班固也在《汉书·李广利传》中，将司马迁所说的"闻宛城中新得秦人知穿井"改为"闻宛城中新得汉人知穿井"。渐渐地，周边邻国将汉朝使者称为汉使，将汉朝军队称为汉兵，将汉朝通行的文字称为汉字，将汉朝所讲的语言称为汉语，将汉朝境内的民众称为汉人。

"汉人"被真正赋予民族共同体的含义，始于五胡内迁的南北朝时期。到了唐代，唐朝境内的民众又被周边邻国称为"唐人"。随着时间的推移，时代的演进，"汉人"之称逐渐取得了主流地位。而"汉人"之称最终演变为科学意义上的"汉族"，则是孙中山的"五族共和"之说问世之后。

也就是说，秦人、汉人、唐人的概念，自始至终是与国家概念相一致的，是对这些朝代管辖区内的所有民众的统称，包含了境内的所有民族，是在持续吸收其他民族成分的过程中逐渐膨胀起来的，而不特指哪一个纯粹的远古族群。

难道，汉族真的没有一个主要源流吗？

四　炎帝、黄帝与蚩（chī）尤

按照习惯说法，汉族的确有一个主要源流，那就是以炎帝、黄帝、蚩尤为首领的远古部落。

炎帝，号神农氏，由于懂得用火而被拥立为部落首领，所以又称炎帝。炎帝其实不是特指一个人，而是新石器时期姜姓部落首领的尊称。姜姓部落共有九代炎帝，神农生帝魁，魁生帝承，承生帝明，明生帝直，直生帝犛（máo），犛生帝哀，哀生帝克，克生帝榆罔，传承五百三十年。据传，炎帝部落从西方游牧进入黄河中下游，兴盛于姜水（一说今宝鸡市渭滨区的清姜河，一说今宝鸡市岐山县的岐水）流域，足迹踏遍今陕西、湖北、湖南、山西、甘肃、山东、河南、河北。

因为生活在五千年前，处在没有文字的年代，"牛头人身"的炎帝，是一个被严重神化了的人物。但拧掉口传历史的水分，我们仍能深切感受到他对人类文明进步所作出的卓越贡献：第一，制耒耜（lěi sì），种五谷，发明了刀耕火种，解决了民以食为天的问题，成为中国农耕文明的始祖。第二，开市场，以日中为市，倡导以物易物，为贸易发展奠定了基石。第三，织麻布，让部众穿上了衣裳，告别了以树叶遮羞的历史。第四，作五弦琴，使人们破天荒地享受到了天籁之音。第五，始创了弓箭，有效防止了野兽袭击与外来部落的侵扰。第六，制作了陶器，引导人们对食物进行蒸煮加工，是人类饮食卫生史上的一次革命。第七，定日月，分农时，引导人们按季节栽培农作物。第八，亲尝百草，用草药为部众治病，从而赢得了万千部众的衷心爱戴。可以说，在使远古人类告别蒙昧落后这一点上，炎帝是一个空前绝后的人物，尽管他不是特指一个人。

黄帝，成长于姬水（一说是陕西渭水，一说是河南新郑的溱水）流域，本姓公孙，后改姬姓，长大后领导着一支新兴的游牧部落。他曾居住在轩辕之丘，所以号轩辕氏；后来建都于有熊，也称有熊氏；因有土德之瑞，所以后人多称他为黄帝。传说，黄帝也是个创造力惊人的人，先后发明了文字、音乐、历数、宫室、舟车、衣裳和指南车等，从而为自己积攒了威望与声誉。

新兴的黄帝部落，已从姬水流域东进到达有熊（今河南新郑）；而没落中的炎帝部落，大本营设在不远处的陈丘（今河南淮阳）。对有限土地资源的争夺，使得两大部落不可避免地走向了战争。一天，远古历史上第一次恢宏的大战——阪泉（今河南扶沟）之战终于爆发。黄帝经"三战然后得其志"，炎帝则败得心服口服，甘愿称臣。

炎、黄部落合并后，黄帝借助阪泉之战的余威，率部落渡过黄河，挺进到东夷部落的大本营涿鹿（今山西运城），与一个叫蚩尤的人拉开了架势。

蚩尤，是起源于东部沿海的东夷部落的酋长，中国神话中的武战神。由于善于制造金属兵器，习惯使用刀、斧、戈作战，并且有八十一个兄弟参战，所以，蚩尤并未把黄帝放在眼里。战争的过程一波三折,最终还是有勇无谋的蚩尤掉了脑袋。除了部分部众南逃长江流域,日后成为苗族、瑶族与畲族之外,绝大部分东夷部众成为黄帝领衔的华夏族的一部分。从此,黄帝成为远古时代中原各民族的共主,开创了游牧与农耕、海洋文化结合的历史,从而被尊崇为华夏始祖。

综上所述,汉族并不只是炎黄子孙,还是蚩尤子孙,而且还有可能是南北朝时期大量内迁的五胡的子孙。

五　三大口误

汉人是"炎黄子孙"的说法,开始于汉代。太祖高皇帝刘邦编造了赤帝(炎帝)子斩白帝子的故事,目的是为以汉代秦制造舆论。公元前110年,汉武帝刘彻在行军途中祭拜了黄帝冢,从而使历代皇帝祭拜黄帝陵成为惯例。王莽代汉自立时,也自称是黄帝之后,并声称姚、妫、陈、田、王姓都属于黄帝后裔。而真正把黄帝确立为华夏始祖的,则是史学家司马迁。翻开《史记》,第一位进入我们视线的人物就是黄帝。在他笔下,不仅尧、舜、禹、商汤、周文王是黄帝子孙,而且秦、晋、卫、宋、陈、郑、楚、吴、越等诸侯也出自黄帝一系,甚至连匈奴、闽越等蛮夷部落原来也是黄帝苗裔。他坚持大一统的历史观和民族观，将黄帝民族共祖的地位典籍化，上承"百家杂语"，下启二十四史，对于国人自称"黄帝子孙"起了关键性作用。

然而，在汉代，"黄帝子孙"一词主要是指圣贤明君，并未泛指平民百姓。之后的历代中原统治者，几乎无一例外地自称是炎黄之后，宋王朝尊奉炎帝为感生帝，就连与宋对峙的辽国皇帝也自称炎帝后裔。契丹人究竟是不是黄帝之后其实并不重要，重要的是他们对中华民族的强烈认同，这正是中国人自称炎黄子孙，中华民族生生不息的奥秘所在。

汉代之后，虽然炎黄二帝备受尊崇，但"炎黄子孙""黄帝子孙"等词语却隐而不显，很少使用。究其原因，大概与古代中国是王朝国家而非民族国家，国人的民族意识较淡，对炎黄二帝尊崇的文化性大于血缘性，"炎黄子孙"一词的指代范围较小等因素有关。

但是，到了近代，世界列强肆意侵吞与凌辱中国，中华民族到了生死存亡的历史关头，长期蛰伏不显的"炎黄子孙"等称谓如同井喷一样涌现出来，频频见诸书刊报纸，成为广泛使用的流行词语。改良派认为"中国皆黄帝子孙"，其中满洲贵族盛昱大声疾呼："起我黄帝胄，驱彼白种贱，大破旗汉界，谋生皆自便。"而革命派则认为"炎黄之裔，厥惟汉族"，从而促进了反清革命的兴起与胜利。辛亥革命之后，孙中山以"五族共和"取代了"驱除鞑虏"，"炎黄子孙"也由汉人的同义语转变为中国人的代名词。

在1985年中国央视春晚上，来自台湾的作曲家侯德健，用一首《龙的传人》沸腾了亿万观众的热血，也紧紧抓住了世界各地华人的心："遥远的东方有一条江，它的名字就叫长江；遥远的东方有一条河，它的名字就叫黄河。古老的东方有一条龙，它的名字就叫中国；古老的东方有一群人，他们全都是龙的传人。巨龙脚底下我成长，长成以后是龙的传人。黑眼睛、黑头发、黄皮肤，永永远远是龙的传人。"

亲眼所见的不见得是真，譬如魔术；约定俗成的不见得科学，譬如这首歌中关于中国人的表述。我以为，我们必须纠正长期以来形成的三大口误。

第一，中国人全都是"龙的传人"吗？龙是十二生肖中唯一神化的形象，是汉族最古老的氏族图腾之一。远古时期黄河、汉水流域和太平洋沿岸的人们，因为饱受水患的困扰，所以就创造了一个集龟眼、鹿角、牛嘴、狗鼻、鲶须、狮鬃、蛇尾、鱼鳞、鹰爪于一身，能呼风唤雨、法力无边的偶像——龙，对其膜拜，祈求平安，并将其奉为图腾，这才有了汉人是"龙的传人"的习惯说法。但如果把"龙的传人"作为中国人的代称，泛指中华民族大家庭的全体成员就不恰当了。因为其他少数民族也有自身的图腾，如蒙古族的苍狼、土家族的白虎、苗族的龙牛、白族的金鸡、藏族的猕猴、达斡尔族的雄鹰、赫哲族的天鹅、拉祜族的葫芦等，即便是汉族也不仅仅只有龙图腾，还有凤凰图腾，正所谓"龙凤呈祥"嘛。所以说，以某一种图腾来指代一个国家全体国民的说法是错误的。

第二，中国人都是"黄种人"吗？要知道，"黑眼睛、黑头发、黄皮肤"只是中国人的主体部分或者绝大部分，而非中国人的全部，中华民族包含有五十六个成分，中国境内的塔吉克族、俄罗斯族、塔塔尔族是典型的白种人。

第三，中国人都是"炎黄子孙"吗？越来越多的考古人类学、历史人类学、体质人类学证据表明，中华民族是多元一体的。华夏周边还有东夷与羌氏的后裔南蛮，游牧民族的后裔北狄，古印欧人的后裔月氏、乌孙、塞人等，这些民族无一例外都是中华民族的一部分。所以说，中国人不仅是华夏儿女、炎黄子孙，而且是东夷子孙、印欧人子孙。

我以为，任何以大汉族主义为基础所衍生出来的习惯说法，都必须得到认真而彻底的纠正。

第二章 匈奴——胡人的故事

胡，任意，不守规矩。如胡乱，胡闹，胡思乱想，胡说八道。

——上海辞书出版社《辞海》

从刘邦称帝那天起，一伙来自北方草原的牧民就与他较上了劲。而且，这伙牧民差一点就将刘邦俘虏。他有一个令人恐怖的名字——匈奴。

一　万里长城

公元前 215 年，也就是秦统一六国的第六年，始皇帝嬴（yíng）政考虑最多的，不再是四处征战，而是如何使自己长生不老。

到哪里去找长生不老药呢？秦始皇想不出，没办法，文臣武将、宫廷御医们也束手无策。于是，嬴政叹了一口气，对身边的小太监说："唉，还是去把卢生找来吧。"

卢生，是一个方士，又叫方术士，类似于今天的算命先生。当时的方士很多，几乎是一大职业，他们自称上知天文，下知地理，会炼丹，会养生，会治病，能使你长生不老，能帮你预知未来，如果吃上他们炼制的仙丹，还能像嫦娥一样飞上月宫。要知道，人类共有三大梦想：飞天、长生不老、预知未来，他们居然声称能全部实现。您想，嬴政能不动心吗？

在这之前，嬴政身边已经聚集了一批方士，一个名叫徐市（fú）的方士带着几千名童男童女出海已经四年，至今没有回来。回来的人，都是两手空空，根本没有找到什么长生不老药，嬴政能不叹气吗？所以，他才派人把卢生找来，要求他再一次到东海仙山寻找长生不老药。临行前，嬴政咬牙切齿地提醒卢生："这一次，不要再让朕失望了！"言外之意，如果再拿不回成果，小心你的脑袋。

这一次，卢生总算有了一点收获。不过，他带回的不是长生不老药，而是一本《录图书》，这是一本谶（chèn）书，也就是预测未来的书，书里记录着一个惊天的秘密："亡秦者胡也！"

在今天看来，这明显是一句搪塞责任的话。但对于这句话，嬴政信了，左丞相李斯、右丞相冯去疾、中车府令赵高、大将蒙恬、公子扶苏信了，就连历史也歪打正着地应验了，因为使秦国走向衰亡的正是秦二世胡亥，胡亥的名字里就有一个"胡"。

可惜，当时包括嬴政在内的所有人，没有一个人想到胡亥，大家不约而同地想到的，是另一个胡——匈奴。

自古至今，从中国东北到西南的一条四百毫米年等降水量线，沿大兴安岭、阴山、贺兰山、巴颜喀拉山、冈底斯山将中国分割为两大区域。线以南是季风区，也就是受夏季风影响的区域，年平均降雨在四百毫米以上，适宜种田；线以北由于大山的阻隔，是非季风区，属温带大陆性气候，干燥多风，只能放牧。处在非季风区内的匈奴，属于北亚蒙古人种，远古时期就生活在阴山一带。作为一个游牧部落，他们只能随着季节的变化，追赶着水草而迁徙。这种随时开拔、来回游荡的日子，造就了他们全民皆兵和擅长游击作战的典型特征。

每当气候干旱、牧草枯萎的年份，匈奴就不由自主地跨越这条线，到平原上掠夺通常有半年积蓄的种田人。零星的袭击渐渐扩大为战争。这一根本原因，导致牧民与农民沿这条线开始了两千年的战争。为了鼓励作战，匈奴首领规定，杀死一个敌人赏酒一卮（zhī，一种大容量酒具），抢来的战俘和财物归抢劫者所有，这就为匈奴人投入战斗提供了巨大动力。发展到后来，马背上的匈奴人只剩下简简单单的三件事：扬鞭放牧，弯弓狩猎，挥刀杀戮。

试想，如果在草原上能够丰衣足食，他们何必冒着生命危险到平原上抢劫呢？正是这一无奈的原因，使得匈奴受到了中原人的诋毁。远古时期，他们被中原人起了许多具有深刻贬义的名字，如獯鬻（xūn yù）、鬼方、猃狁（xiǎn yǔn）、北狄、匈奴（意思是恶狗）。在战国时期，中原人又给匈奴起了更难听的外号——胡，也就是体毛较长的人，野蛮人，不守规矩的人。

这个胡，之所以让嬴政如此重视，是因为六年前，在秦国进行统一六国决战的关键时刻，匈奴骑兵军团乘虚而入，越过边塞攻占了原属赵国的河套以南地区。中原未平，哪顾得上外寇？嬴政能够做的，只有两个字：忍耐。

这对于一位血气方刚、说一不二的帝王来说，是多么大的仇恨啊！因此，当他看到《录图书》时，立时把"胡"与匈奴联系在了一起。一直渴望对手的嬴政终于找到了一个下手的对象，他内心的焦躁与不安终于可以尽情释放了。他发出号令："由大将蒙恬带兵，灭掉胡人！"

于是，大将蒙恬率三十万铁甲将士，像飓风一样扑向河套以南的匈奴。措手不及的匈奴人丢下大片的尸体，狼狈地逃回草原。

尽管入侵者被赶跑了，但谁又能保证他们不卷土重来呢？而他们卷土重来的途径，就是北方诸侯国之间的长城缺口。为了获得一劳永逸的效果，刚经历过七国纷争、地贫人稀的秦王朝，竟然征用七十九万军民，从公元前214年开始，在崇山峻岭之上将秦、赵、燕的古长城连接起来，加高加固，几乎是沿着四百毫米年等降水量线，筑起了一条西起甘肃岷县，东到辽东海滨的万里长城。

正如高耸的喜马拉雅山挡不住探险者一样，人工砌起的长城怎能挡得住入侵者的云梯？况且为了完成这一小题大做的工程耗费了无数的生命和财富，以致人们将战国初年的孟姜女与百年后的秦始皇联系起来，演绎出孟姜女哭长城的离奇故事。更严重的是，它限制了中国向北发展的脚步。一开始，万里长城是地理上的限制；到后来，它成了观念上的限制，限制了许多仁人志士、英雄豪杰开拓北疆的理想和抱负。正如地理学家苏北海所说，如果没有万里长城，中国人早在一千年前，就已经面临北冰洋了。

但是，万里长城像金字塔一样，毕竟是令人叹为观止的世界奇迹，是中国古人在物质条件极端匮乏的情况下，用最原始的工具建设的世界级工程。正如泰戈尔所言，长城"因残破而展示了生命的力量，因蜿蜒而影射着古老的国度"。如今啊，它不再是一道防御性的城墙，它已经深深地植入了国人的心中，成为中国五十六个民族共同的人文地标，幻化为中华民族生生不息、昭彰日月的图腾。日本入侵时，它是"把我们的血肉，筑起我们新的长城"的呐喊；改革开放中，它是"修我长城，爱我中华"的号角；在实现中国梦的征程上，它是"不到长城非好汉"的壮志。

二　废长立幼

在万里长城开工的第五年，嬴政在东巡途中驾崩，中车府令赵高伙同左丞相李斯修改了遗诏，让嬴政最小的儿子——第十八子胡亥继位，守卫长城的大将蒙恬和公子扶苏被逼自杀，秦朝开始走下坡路。

与此同时，被蒙恬赶跑的匈奴也面临着一场有关继承人问题的危机。《汉书》记载，被蒙恬赶跑的匈奴首领名叫头曼，他的名号叫单于（chán yú），相当于汉语中的天子。头曼单于的大儿子冒顿（mò dú），已经被立为太子。后来，头曼的爱妾为他生了一个可爱的小儿子。肯定是爱屋及乌吧，头曼有了"废长立幼"的想法。为了让小儿子成为继承者，他把太子冒顿送到邻国月氏做人质。

当时，邻国之间为了和平，往往把王子送到对方做人质，如果一方主动进攻，另一方就会把人质杀掉，这在江湖上叫"撕票"。头曼刚刚把儿子送到月氏，就故意向月氏发动进攻，逼着对方撕票。生死关头，冒顿成功盗窃了一匹骏马逃出月氏，躲过了月氏的追杀。

这一天，单于庭的大帐内荡漾着无尽的春意，爱妾正一杯接一杯地向头曼敬酒，因为按照常规，月氏很快就能传来冒顿被杀的消息，她年幼的儿子将成为唯一的单于继承人。

不知何时，冒顿像一尊凝固的雕塑一样，瞪着一双血红的眼睛出现在帐前。立时，头曼和爱妾目瞪口呆。

接下来，头曼会继续想办法杀掉大儿子吗？这不但是我们的疑问，也是摆在头曼面前的一道难题。按说，他应该杀掉大儿子，因为自己进攻月氏的意图，大儿子肯定已经知道了，也肯定对自己恨之入骨了，凭着自己对大儿子的了解，大儿子迟早会报复的，甚至会杀了自己。

但他又实在不想这样做,因为从儿子逃脱月氏追杀这件事上,他仿佛看到了自己年轻时的影子,看到了这个儿子身上所展现出来的血性和智慧,这正是一个单于继承人最重要的品质。因此,他开始欣赏这个大儿子,因为自己终于有一个好接班人了。这就是草原帝国与中原王朝的区别,中原王朝皇帝选择接班人,首先看中的是仁与孝;而草原帝国首领首先看中的是血性和能力。中原王朝接班人是定出来的,草原帝国接班人是比出来的。这恐怕也是匈奴帝国能够横行草原几百年的一大原因吧。

对于这一点,史学家班固看得很清楚,因此他在《汉书》上说:"头曼以为壮,令将万骑。"也就是说,头曼认为大儿子有英雄气概,给了他一万骑兵。

对于父亲这一明显带有补偿性质的做法,大儿子会领情吗?实践证明,他不会,他如果原谅了父亲,就说明父亲对他看走眼了。

冒顿发明了一种骨箭,在上面穿上孔,使它在发射时发出刺耳的声响,他把这种用于发号施令的响箭命名为鸣镝(dí)。他命令部下:"鸣镝射什么,你们就射什么,不服从命令的立刻处死。"冒顿先是把鸣镝射向自己的良马,不敢跟射的部下被处死。再把鸣镝射向自己的女人——太子妃,不敢跟射的部下也被处死。过了一些时候,冒顿用鸣镝射向父亲的坐骑，部属们不敢再违抗命令，宝马顷刻就被射得如同刺猬一般。

冒顿知道，他已经训练成功。公元前209年，他约上父亲一起狩猎。在草原深处，他果断地把鸣镝射向亲生父亲，头曼就这样死在了乱箭之下。

从犯罪心理学的角度分析，罪犯残杀第一个人时是最困难的，但只要开了先例，杀下去就不存在心理障碍了。冒顿一不做二不休，把继母、弟弟连同父亲的亲信一起杀掉，然后自立为单于。

听到冒顿杀父自立的消息，有一个人生气了。

三　后发制人

这个生气的人在历史上没有名字，他是匈奴东部邻国东胡的最高统治者。部下们既不称他国王，也不叫他单于，而是叫他大人。

东胡大人派出特使向冒顿问罪，并公开索要老单于头曼的千里马。冒顿召集群臣商议对策，大家齐声反对："我国只有一匹千里马，怎能轻易送人。"但冒顿面无表情地说："怎能为了一匹马而得罪邻国呢？送给他们吧。"

过了数旬，东胡大人得寸进尺，要求冒顿将阏氏（yān zhī，单于的妻子）送给他做小妾。大臣们义愤填膺地说："东胡简直无礼透顶，请求单于兴兵讨伐！"然而，冒顿却平静地摇头说："怎能为了一个女子得罪一个邻国呢？把我的阏氏送给他好了。"

大臣们大惑不解了，许多人还在私下里怀疑起冒顿的能力；对手也开始得意忘形了，想不到弑父的冒顿竟然如此软弱！于是，东胡大人对这个软弱的邻国再也不加防备。

几个月后，已经肆无忌惮的东胡大人又派人索要两国之间的空地。冒顿再次召集大臣商讨对策。有了前两次让人看不懂的经历，大臣们无所适从了，有的说可以送地，有的说不能退让，有的则不置可否。只见冒顿拍案而起，高声怒喝道："土地是国家根本，怎能随便送人？！"主张送地的大臣被推出帐外斩首。

最迷人的剧情不是后来居上，而是王者归来。一个风高月皎的夜晚，一群群匈奴骑兵拎着寒光闪闪的马刀，突然出现在东胡边境。一片片帐篷被连根拔掉，一个个士兵被齐肩斩首，正在搂着冒顿的阏氏寻欢作乐的东胡大人也被生擒。在写满象形文字的月光里，不可一世的东胡大人瑟瑟发抖地匍匐在冒顿脚下。那一刻的冒顿，眼里没有一丝怜悯。冒顿剁下仇人的脑袋，做成了专用的尿壶。

火山要爆发，你总得给他腾出一片燃烧的天空。此后，他向北击败了丁零等部，兵锋远达贝加尔湖；向西赶走了河西走廊的月氏，使二十六个西域国家臣服；向南征服了楼烦王、白羊王，夺取了河套以南的大片土地。一个幅员辽阔的草原帝国横空出世。

就在匈奴横空出世的时候，在匈奴南面，一个叫刘邦的人，已经灭亡了不可一世的秦朝，干掉了力拔山兮气盖世的项羽，建立了一个叫汉的中原王朝。消息传到草原，一直找不到对手的冒顿感觉，这个刘邦不正是现实的对手吗？自己可以和这个叫刘邦的人掰掰手腕了。

四　和亲的由来

公元前 201 年，也就是刘邦登基称帝的第二年，冒顿逼迫驻扎在今山西朔县的韩王信投降，然后跨越长城占据了晋阳，也就是今天的山西省会太原。

兵败的消息像雪片一样飞到不远处的长安，处于童年时期的汉朝受到强烈震撼。第二年初冬，刘邦亲自率领三十二万步兵东进。在太原附近两战两胜后，刘邦决定大举进攻溃逃的匈奴。为了谨慎起见，他专门派出十几批使臣前往匈奴探听虚实，这些使臣回来后，都说匈奴不堪一击。刘邦还是不放心，又派身边人刘敬再次出使匈奴，刘敬回来后，却坚决反对刘邦出兵。

刘敬，原名娄敬，出生于今济南长清张夏的小娄峪，本是齐国的一个普通士兵。当年刘邦打败项羽之后，本来准备定都洛阳，但这个普通士兵求见刘邦，极力主张都城不宜定在洛阳，而应该定在地势险要、易守难攻的关中。在刘邦犹豫不决的时候，大臣——留侯张良支持了娄敬的说法，促使刘邦最终定都长安。就因为这一条建议，娄敬被赐姓刘，号奉春君，拜为郎中——皇帝的侍从官。

看来，这个山东人是个标新立异的人，有点像唐朝的大臣魏徵，每到关键时刻，他总要提点不同的建议。

他回来报告说："两国交兵，应该炫耀长处才是。这次我去匈奴，看到的只有瘦弱的牛马和士兵，这是冒顿的示弱之计呀！这一计策，他在对付东胡的时候曾经用过。这一次，他也许已经布好口袋阵，等着陛下去钻呢。"

但刘邦压根就没把匈奴人放在眼里，而且三十二万大军已经越过了雁门山，他怎么会因为刘敬的几句话，灰溜溜地班师回朝呢？所以，刘邦大骂刘敬说："齐国孬种！当年凭着耍嘴皮子捞了一个官，现在又来胡说八道。先把你关起来，等打了胜仗再和你算账。"他叫人给刘敬戴上枷锁，投入了当地的牢狱。然后，刘邦随同骑兵乘胜追击到了今大同以东的白登山。

西点军校有一条军规：如果你的攻击很顺利，那一定是中了敌人的圈套。果然，刘邦连同先头部队不知不觉步入了对方精心设置的陷阱，被四十万匈奴骑兵重重包围，被围部队与后续步兵的联系也被切断。无论是左冲，还是右突，刘邦竟然七天七夜无法脱身。

《汉书·陈平传》记载，刘邦用了谋士陈平的一条奇计，让单于的阏氏放走了他们。刘邦逃出来以后，这个计策就成了高级机密，世人都不知道它是什么计策。

为什么被定为高级机密？我分析，这个计策起码具备两大特点：一是出人意料，对单于的阏氏有足够的诱惑力，不然她不会轻易放走刘邦这条大鱼；二是有点丢人，有失中原王朝的尊严。

于是，后人一直在猜测这条计策。一个版本是，陈平建议刘邦暗中用大量金银财宝贿赂了冒顿的阏氏。东汉学者桓谭还猜测说，刘邦依照谋士陈平的计策，不仅让手下给阏氏送去了金银珠宝，还拿出一张美女图对阏氏说："如果你不能劝说单于解围，汉朝就把这个美女送给单于，你看着办吧。"大凡美女都是醋罐子，当然不希望有别的美女来和自己争宠。于是，阏氏在冒顿面前刮起了枕边风："你围住汉帝不放，汉兵能不拼死来救吗？再说我们也不习惯这里的气候，还是与人为善，撤兵回国吧。"也许是枕边风发挥了作用，也许韩王信的部将王黄、赵利没有赶来会合使冒顿有些心虚，第二天一早，冒顿便下令解开重围的一角，让刘邦在大雾弥漫中逃了出去。

刘邦在后怕的同时变得现实起来，他在向被拘禁的娄敬道歉的同时，耐心听取了这位大臣一个石破天惊的建议——和亲。作为一种绥靖政策，娄敬的解释是："作为弑父凶手，冒顿只认识武力，仁义也对付不了他，降服他的唯一办法，是把汉嫡长公主嫁给他，送上厚礼，他一定会对公主爱慕不已，把公主立为阏氏，生下的儿子就是太子，也就是单于继承人。冒顿活着，就是陛下的女婿；冒顿死了，新单于就是陛下的外孙。陛下想啊，自己的女婿和外孙能和陛下作对吗？"

似乎"茅塞顿开"这个词就是专门为这一刻的刘邦量身打造的。他要求独生女儿鲁元公主远嫁匈奴，尽管鲁元因为母亲吕后的阻挠未能成行，但刘邦还是将一位"家人子"——也就是没有名号的宫女收为大公主嫁给了冒顿。这就是中国历史上"和亲"政策的由来，也是世界上"以女人换和平"的原始版本。

再不凡的英雄，也跳不出他所处的时代，就如同人跳不出自己的皮肤一样。在刘邦驾崩、吕后主持朝政时，冒顿居然派人送来了一封信，信上说："我这个孤独的国王，生在荒山草泽之中，长在放牧牛羊的地方，多次到过边境，非常希望前往中国游玩。如今我没了妻子，你也没了丈夫，我们两个国君都寂寞得很，没有什么可以使自己娱乐的，我想用我身上所有，换你身上所无。"

接到这封极其下作的信，吕后和部分武将勃然大怒，准备兴兵讨伐冒顿，幸亏大将季布以刘邦被围的教训相劝，才使得大家冷静下来。随后，吕后口述了一封回信："我人老了，头发、牙齿掉了，走路也不稳了，不值得你爱了。为表达谢意，送点车马，请你笑纳。"

回信时，吕后的心一定在滴血。

五　丢失化妆品基地

正如泰戈尔所言，人类的历史耐心地等待着被虐待者的胜利。

汉朝经过汉太祖至汉景帝六十多年的休养生息，到汉武帝刘彻上任时已经缓过劲来。既然具备了为太祖白登之围和吕后书信之辱雪耻的实力，刘彻便从公元前133年开始，对匈奴发起了暴风骤雨般的进攻。汉朝北疆不断扬起滚滚的尘云，尘云前头簇拥出三位威风凛凛的汉将——李广、卫青、霍去病。

李广，出身将门，精于骑射，人称"飞将军"，匈奴军队一般不敢贸然进犯他所防守的城池。唐代边塞诗人王昌龄有诗说："秦时明月汉时关，万里长征人未还，但使龙城飞将在，不教胡马度阴山。"

卫青,虽然出身于卑贱的骑奴,但战功不在李广之下。他曾率兵收复了河套以南地区,因功受封长平侯。

霍去病,卫青的外甥,十八岁就随舅舅卫青出征,活捉了单于的叔父。公元前121年,他又率一万骑兵从匈奴手中夺过了河西走廊。可惜,他因为喝了匈奴巫师下过毒的水感染瘟疫而死,死时年仅二十三岁。

李广、卫青的纵横驰骋,特别是霍去病对河西走廊的空前胜利,给了匈奴沉重的打击。匈奴妇女们传唱起一支哀怨的歌:"亡我祁连山,使我六畜不蕃息。失我焉支山,使我嫁妇无颜色。夺我金神人,使我不得祭于天。"

对于匈奴女人来说,丢失了牧场用不着过于伤心,因为在别处可以找到新的牧场;丢失了金神人也没有什么,因为祭天本来就是男人的事儿。但丢失了焉支山,她们就无法为出嫁的新娘化妆了。

原来,焉支山中有一种名叫红蓝花的植物,可以制成红色的颜料,抹在脸上能使苍白、粗糙的脸蛋变得分外红润,至今还是中国妇女的主流化妆品。这种化妆品名叫胭脂,因为产于焉支山并由匈奴阏氏首先使用而得名。

六　苏武牧羊

随着李广战死沙场,卫青年老体衰,霍去病英年早逝,战争越来越难打。刘彻晚年,汉朝开始与匈奴寻求妥协。用一句现代话来说,就是向对方伸出了橄榄枝。

公元前 100 年,匈奴到汉朝求和。作为回应,刘彻将苏武提拔为四品中郎将,让他率领一百人的庞大使团出使匈奴。

但接到任命,四十岁的苏武忧心忡忡。按说,苏武的担心似乎有些多余,因为两军交战,不斩来使,是自古以来的惯例。但斩不斩,那可是对方的权力,根本由不得使者本人。所以早在古代,人们就认定使者是一个提着脑袋用舌头作战的高危职业,被无辜残杀的使者大有人在。

果然,苏武一到匈奴就遇到了麻烦。先前随同卫律投降匈奴的虞常,暗地与旧友——汉朝副使张胜联络,图谋杀掉卫律并劫持单于的母亲逃回中原请赏。阴谋不幸败露,匈奴单于将主谋虞常砍了脑袋,并将同谋张胜和毫不知情的汉使苏武、假吏常惠囚禁起来,严加审问。审讯结果大大出乎意料:同谋张胜很快投降,蒙冤的苏武和常惠则宁死不屈。匈奴人将苏武扔进了地窖,断绝了水与粮。正好天降大雪，苏武就用雪就着毡毛充饥。几天过去了，苏武竟然还活着。

消息传进大帐，一向迷信的单于认为苏武有神灵保佑，便不再试图饿死他，而是将他和使团成员们分开流放。苏武的流放地是荒无人烟的贝加尔湖，任务是放牧公羊。至于流放的期限，匈奴人的承诺是：公羊生崽方能返回。

这是一个亘古未闻的判决。这一判决令被告失望的程度，不亚于一位恶贯满盈的美国人被判了二百八十年"有期徒刑"。

漠北恶劣的自然环境使生长在中原的苏武度日如年，更为严酷的是，匈奴断绝了口粮逼他归降，宁折不弯的苏武只得挖掘鼠洞中的野果充饥。苍天、草场、风沙、严寒、狼群、寂寞，伴随着这一铮铮铁汉度过了一个又一个春秋冬夏。有多少个白昼，这位牧羊人望穿秋水盼望着远方的音讯；又有多少个夜晚，苏武南望群星思念着故国与亲人。从此，一个经典镜头定格在中国历史上：一位白须飘飘、满脸沧桑的老人手拄旌节遥望南天，背景是茫茫的草原、成群的公羊、高飞的大雁和苍凉的晚霞。

为使苏武永远断了归汉之心，匈奴把一个女子嫁给了他，这个胡女还为他生了个儿子，名叫苏通国。显然，这段婚姻并未磨灭苏武对祖国的耿耿忠心。

青空悠悠，时序袅袅。单于已经三易其人，当一位少年单于上台后，匈奴在公元前 85 年发生分裂，汉昭帝趁机派使者前去索要苏武。但得到的答复是，苏武早已死亡。汉使再次前往时，滞留匈奴的常惠用重金买通匈奴卫兵，偷偷将苏武牧羊的实情转告了汉使。故弄玄虚、巧舌如簧是使者的看家本领。汉使在面见单于时，讲了一个故事，说汉帝在上林苑狩猎时，射下一只高飞的大雁，雁腿上绑着一封书信，信上说，苏武就在北海放牧。这个故事的名字，叫"鸿雁传书"。

听完这个故事，我无法用语言描述那位少年单于的震惊，我只知道他诚惶诚恐地把苏武从北海接回来，郑重其事地还给了汉使。

物质不灭，宇宙不灭，唯一能与苍穹比阔的是气节。苏武回国时，长安万人空巷出城迎接这位传奇英雄。经过十九年的风霜雪雨，他须发全白，满脸沧桑，不变的只有他手中仍握着的代表庄严使命的旌节。

从此，苏武牧羊成为逆境求生的代名词。

与苏武一起回到汉朝的只有九人，常惠、徐圣、赵终根被拜为中郎，其余六人因年老体衰各赏钱十万，告老还乡。

但苏武已经找不到原来的家。他的哥哥苏嘉和弟弟苏贤先后自杀，母亲已与世长辞，儿子苏元因犯罪被处死，妻子早已改嫁他人。

从此，他不再看重什么富贵，也不再相信什么真情。尽管得到了大批赏赐，但他把赏赐全都馈赠给了部下。尽管他身为掌管边疆和民族事务的典属国，赐爵关内侯，但直到老死也再未续弦，只是从匈奴赎回了儿子苏通国，父子二人常常四目相对，同伴夕阳。

七　虽远必诛

苏武病死那年，也就是公元前60年，驻守西域的匈奴日逐王因为没有如愿当上新单于，率领部下归顺了汉朝。恰逢此时，匈奴爆发了饥荒，继而发生了分裂，甚至出现了五个单于并存的乱象。

经过一轮又一轮的火并，最终剩下南北两个单于。北方的单于叫郅支，是哥哥；南方的单于叫呼韩邪（yé），是弟弟。哥哥的拥护者显然要多过弟弟，弟弟逐渐败下阵来。无奈之下，弟弟于公元前51年率领南匈奴全部人马，向汉朝投降。

在长安甘泉宫，汉宣帝刘询接见了远道而来的呼韩邪，呼韩邪表示愿意称臣，并承诺替汉朝守卫边塞。刘询大喜，立即下达圣旨："允许呼韩邪迁居河套，命令大将韩昌率兵保护。必要时，可以联合发动对北匈奴的反攻。"随后，赐给了他一枚"匈奴单于玺"。

您可别小看这一枚小小的玉玺，那可是一件改变历史的大事件呀。因为它不仅宣告了汉匈两大民族之间战争状态的终结，而且打破了胡人首领不受中原朝廷加封的惯例，开了少数民族政权接受中原王朝领导的先河。这也就意味着，今后的匈奴单于要经过中原王朝认定，否则就不算数。

消息传到漠北，北匈奴郅支单于慌忙夺路西去，逃亡到西域北部的坚昆和丁零。站稳脚跟后，他要求汉朝送还充当人质的太子。

对于已经逃走的郅支，汉朝显得姿态很高，专门派遣使者谷吉不远千里送还了太子。不承想，见到太子的郅支过河拆桥，杀掉了前来相送的汉使。等到单于冷静下来，才意识到闯了大祸，因而放弃刚刚占领的坚昆，继续向西方逃窜。

公元前44年，也就是罗马帝国领袖恺撒被暗杀那年，郅支单于率部下远逃到西部的康居（qú），先是通过花言巧语娶到了康居王的女儿，然后用武力霸占了康居国，并修造了一座坚固的郅支城。更过分的是，他还传令西域各国进贡，并封闭了丝绸之路。

八年后，汉朝终于出手了。严格地讲，出手的不是汉朝，而是汉朝所属的西域都护府。新任西域都护甘延寿和副校尉陈汤赴西域上任途中，山东大汉陈汤提出了秘密远征北匈奴的计划，甘延寿表示同意，但提出要报朝廷批准。因为按照职权，要调集西域联军，必须用朝廷的名义。而要用朝廷的名义，当然必须报经皇帝同意。陈汤接着说:"这是一项大胆的计划,朝廷大臣们多是碌碌无为之辈,一经他们讨论,必然难以通过。"甘延寿听了久久无语。

抵达乌垒城后,甘延寿居然染上了重病。时光在流逝,都护的病却不见好转。眼看大好时机即将错过,陈汤果断地撇开都护,假传圣旨开始征调屯田汉卒和西域联军。病榻上的甘延寿听到消息大吃一惊,立刻派手下把陈汤喊来,试图制止他这种犯法的举动。

陈汤进屋后,手握剑柄,以威胁的口气对甘延寿说:"大军已从四方汇集而来,你难道还想阻挡吗?不抓住战机出击,你还算什么名将?!"此时的甘延寿已没有任何退路,他不同意的后果只有两条,要么被这位山东大汉杀掉,要么被冷落在病榻上寂寞地死去。这两种结果,对于这位并非懦夫的将军来讲,都是难以接受的。

就这样,四万大军顺利出发,甘延寿也强撑着病体加入了西征的队伍。他们兵分两路——南路走天山以南,穿过大宛国;北路走天山以北,穿过乌孙国,在郅支城下形成合围。

睡梦中的匈奴军人仓促应战,城池很快陷落,郅支单于在战斗中被杀,他的头颅被快马传送到三千三百公里外的长安。两个不光彩的记录被他改写:他是第一个在战场上被杀的单于,也是第一个脑袋与尸体分家的冒顿子孙。

大功告成的陈汤在给汉元帝刘奭(shì)的报告中底气十足地说:

"明犯强汉者,虽远必诛!"

接到豪气干云的奏疏和木匣中郅支的人头,刘奭到底有什么反应,史书上没有记录,但同样的情景在后来的《三国演义》中出现过:孙权把关羽的头装在木匣子里送给了曹操,曹操打开木匣子,对着关羽的头冷笑道:"云长公别来无恙?"

当时,真的有些大臣嚷嚷着要治甘延寿、陈汤用朝廷名义私自调兵的大罪,但刘奭没有理睬,而是将这两位将军全部封了侯。他的理由是,胜利者凭什么要受处罚?然后,大赦天下。

八　昭君出塞

从此,没有人自愿飞蛾扑火,也没有人敢螳臂当车。

按照汉朝的旨意,呼韩邪离开边塞重新回到草原收拾残局。地位稳固后,呼韩邪于公元前33年提出了愿当汉朝女婿的请求。

于是,刘奭仿照先祖刘邦,决定在宫女中选择一个人远嫁。但他太粗心了。据说他有两大嗜好,一爱音乐,二爱美女。他几乎把天下的美女都选进了后宫,但万千佳丽进宫后他又懒得逐个见面,他宠幸宫女居然完全凭借画像。这样一来,负责为宫女画像的画工就成了最抢手的职业。于是,为了让画工把自己画得漂亮一点,宫女们纷纷贿赂画工，多的需要出十万钱，少的也要出五万钱。

其中一个宫女没有出钱，一来她的确长得天姿国色，有自负的本钱；二来她出身贫寒，的确没有钱。因为她没有贿赂画工，结果被画工毛延寿在画像上做了手脚，本应点在眼睛上的丹青被点在了面颊上，因此进宫三年了，一直未能见上元帝一面。

她叫王嫱，字昭君，出生于湖北香溪水畔，拥有落雁之貌，是中国古代四大美女之一。其他三个美女是拥有闭月之貌的貂蝉，拥有羞花之貌的杨贵妃，拥有沉鱼之貌的西施。

听说刘奭下诏与匈奴和亲，被冷落三年之久的王昭君毅然报名前往，同时报名的还有四位宫女。经过大臣们把关，美丽而高雅的王昭君被选中。很快，刘奭下达诏书："收昭君为公主远嫁。"

那是一个天光浩荡的上午，刘奭按照外交惯例为只是在画布上见过面的宫女送行。当昭君向刘奭跪拜谢恩时，她的脸庞上透出的是清雅若空谷幽兰、明净若秋水长天的绝代风华，眉眼中透出的是比国风、楚辞、汉赋还要美的风韵。那一刻，皇帝的瞳仁似乎已经凝固，时间的激流仿佛骤然静止。但诏书已下，覆水难收，后悔异常的刘奭只有默默地叹气并"破例"送出长安十余里，眼睁睁看着昭君绝尘而去。

昭君出塞的路线是由长安北上，经今陕西、甘肃、内蒙古向草原纵深走去。

她从此与众不同，不只为落雁之貌，更为奉献之心。昭君出塞后，被呼韩邪封为宁胡阏氏。汉匈之间燃烧了一个世纪的烽火熄灭了，出现在边境线上的是和平居民的袅袅炊烟。

昭君出塞后，刘奭同样心有不甘。他没有反思"以画取人"的弊端，却把毛延寿杀掉以解心头之恨。杀了毛延寿，刘奭余怒未消，又将当时著名的画家陈敞、刘白、龚宽、阳刻、樊育等一并杀掉。因为一个人得罪了自己，而把与仇家职业相同的人一起杀掉，在中外历史上绝无仅有。

或许对昭君远嫁仍旧耿耿于怀，或许还有别的鲜为人知的原因，当年夏天汉元帝就抑郁而终，年仅四十一岁。

王昭君与呼韩邪生有一个男孩，后来被任命为右日逐王；与呼韩邪的长子复株累单于生有两个女儿。在以后的岁月里，她的女儿、女婿、外孙一直为汉匈和平而奔忙。

公元前19年，昭君含笑而去，此时的她只有三十三岁，一树美丽的芙蓉刚刚盛开。长眠后的昭君被安葬在呼和浩特大黑河南岸的平原上。每到草木凋零的秋冬，唯有昭君墓旁边草青木葱，所以昭君墓又被诗意地称为"青冢"。

九　胡笳十八拍

蔡文姬，原名蔡琰，东汉名士蔡邕（yōng）的女儿。军阀董卓专权后，为了骗取虚名，将名士蔡邕连升了三级。董卓被杀后，蔡邕被抓了起来，冤死狱中。后来，董卓部将作乱，关中一片混战，随着难民一起流浪的蔡文姬被趁火打劫的匈奴骑兵抢走，献给了左贤王。

这株南国芙蓉一露面，立时娇艳了寂寞而单调的草原。左贤王的惊诧，绝不亚于他的祖先呼韩邪首次见到有着落雁之貌的王昭君。她被左贤王收为夫人，先后生了两个儿子：阿迪拐和阿眉拐。

从此，她再也梦不到遥远而亲切的故乡。不承想，中原还有人牵挂她，而且是对南匈奴发号施令的曹操。

此时的南匈奴已雄风不再，他们早在东汉初年就内迁到了长城以南，东汉与匈奴的关系，也由呼韩邪单于一世时代的准君臣关系变成了真正的君臣关系。东汉按年度给予南匈奴援助，还设置了使匈奴中郎将监督匈奴。对于朝廷，南匈奴人几乎言听计从。

公元208年，曹操派出使者携带千两黄金和一双白璧前往南匈奴，向左贤王索要好友蔡邕之女。

左贤王当然不敢违抗曹操的意志，只得放爱妻回归。去留两依依，中原故乡在这头，两个孩子在那头，面对子女与故国的两难选择，她欲哭无泪，心如刀绞。三十五岁的蔡文姬在汉使的催促下，恍恍惚惚地登车而去。在车轮辚辚的转动中，十二年的酸泪苦雨滴滴注入心头。

于是，她饱含血泪写下了《胡笳十八拍》（又名《胡笳鸣》）这一千古绝唱。全曲通过她被虏、思乡、别子、归汉等一系列坎坷遭遇的倾诉，生动再现了战乱年代一代才女悲欢离合的传奇经历。歌里字字血、声声泪，每一拍都如泣如诉："喜得生还兮逢圣君，嗟别稚子兮会无因。十有二拍兮哀乐均，去住两情兮难具陈。""十六拍兮思茫茫，我与儿兮各一方。日东月西兮徒相望，不得相随兮空断肠。"

直到今天，我们仿佛还能听到那悲怆的乐曲和凄婉的歌声，也仿佛看到一位身心疲惫的女子正行走在屈辱与痛苦铺成的长路上。

十　逐鹿中原

见到蔡文姬，一代枭雄曹操笑了。既然左贤王的老婆都能要回来，他还有什么不敢做的呢？接下来，曹操把前来拜会自己的匈奴单于留在了自己身边，名为享受荣华，实则扣为人质。然后，曹操把南匈奴肢解为五部，分别安置在山西北部边境，每个部派一名汉人司马监督。匈奴部帅虽是名义上的首领，但家却住在晋阳，无法直接统治自己的部落。南匈奴完全沦为中原政权的附庸。

机遇，往往是在听话的时候悄悄到来的。西晋末年，朝廷爆发了"八王之乱"，中原人口由五千六百万下降到不足一千六百万，这就为周边民族逐鹿中原提供了千载难逢的机遇。也就是说，中原雨水丰沛，任何独立的种子撒上去都会生出灿烂的国家之花。

于是，已经半汉化的南匈奴人趁乱起兵，成功地建立了中国历史上的第一个少数民族中原王朝。王朝创立者名叫刘渊，是南匈奴一个部帅的儿子。这是一个传奇人物，史书说他："姿仪魁伟，身长八尺四寸，当心有赤毫毛三根，长三尺三寸。"就连一贯卖弄深沉的算命先生见到他都连连惊叹："此人相貌非常，吾所未见也。"

公元304年，在晋朝担当人质的刘渊趁乱逃回山西，将五部匈奴整合在一起，自称大单于，宣布"复国"。

四年后，为了表示正统，他尊奉三国时期的蜀汉后主刘禅为祖先，自称汉皇帝，定都平阳——今山西临汾，史称"北汉"。"乐不思蜀"的刘禅做梦也想不到，在他入土几十年后，竟然有个匈奴人打着他的旗号光复汉朝。

刘渊驾崩后，四子刘聪继位。公元311年，刘聪派大军攻占洛阳，晋怀帝司马炽被俘。一天，刘聪大摆宴席，招待被俘后被封为新会稽公的司马炽。酒过三巡，刘聪对战战兢兢的司马炽说："爱卿作豫章王时，我专程到你府上拜访，你说对朕闻名已久，并对朕所作的歌赋赞叹良久。后来，你又带我去皇宫射箭，赠给了我良弓美砚，你还记得吗？"从中午到日落，两位"老朋友"相见甚欢。临别之时，刘聪一时兴起，将自己最宠爱的妃子刘贵人赐给了晋怀帝。

后来，长安传来了司马邺被立为晋朝皇太子的消息。公元313年春节，刘聪大宴群臣。他一改往日的彬彬之态，逼着司马炽和仆人一样身穿青衣小褂，为在座的匈奴贵族斟酒。折腾够了以后，司马炽被一杯毒酒结束了生命。先前赐给司马炽的美人仍旧回到刘聪身边。公元316年，刘聪引兵包围长安，迫使刚刚当上皇帝的司马邺投降。

刘聪开始得意忘形，每当喝得酩酊大醉，就到大臣家里串门，遇到美女就要尝鲜。一天，他来到大臣靳准家里，见他两个女儿靳月光、靳月华美丽非凡，立即承诺纳为贵妃，并在新岳父家里入了洞房。

我们需要关注的是，这支牧民后裔正在给和将要给混乱的中原带来什么，他们会不会像西晋那样成为后人嗤笑的对象？

事实证明，他们并没有走出西晋末年自毁长城的惯性。刘聪一死，北汉的倒霉日子就降临了。原因是刘聪生了一位荒唐的儿子刘粲，而且没让儿子学会如何打仗只是学会了如何玩乐。公元318年，刘粲一上台，就把五位后母收为己有，大臣靳准的两个女儿也由后母变成了皇后和贵妃。刘粲和他的后宫彼此像盒子里的豌豆一样滚作一团，至于小盒子外面发生了什么，他们一无所知。

很快，岳父靳准掌握了朝廷大权。不到两个月，荒唐的刘粲就被岳父砍了脑袋，刘姓皇族被统统杀光。

靳准下令发掘刘渊、刘聪的陵墓，将已经腐烂的刘渊尸体一顿乱捅，将尚未腐烂的刘聪的脑袋砍了下来。

十一　自掘坟墓

北汉谢幕了，但南匈奴的皇帝梦还在延续。政变发生后，北汉相国刘曜和大将石勒填补了北汉留下的空缺。

刘曜出身于南匈奴贵族家庭，是一位闻名遐迩的神射手，也是灭晋的功臣。政变发生时，负责镇守长安的刘曜立即赶赴平阳救驾，大军走到中途，就得到了皇帝刘粲被杀的消息，他在众臣拥戴下称帝。由于他曾被封为中山王，中山古代叫赵，所以他把国名定为赵，史称"前赵"。

随后，刘曜与大将石勒分别向平阳进军，靳氏家族被统统杀光，宫室被付之一炬，规模宏大的平阳被从历史名城的名单中永远抹掉了，其消失过程很像一个遥远而恐怖的童话。

平阳已经成为废墟，刘曜领兵还都长安。一路上，他并没有感到丝毫寂寞，因为他抢来的晋惠帝皇后羊氏一直陪伴着他。回到长安，他就将刚过三十岁的羊氏立为皇后。

喷薄的朝阳和皎洁的月轮不可能同时出现在地平线上。情场得意的刘曜事业并不顺利，因为他有一位天生的对手——石勒。特别是刘曜称帝后，居然将竞争对手石勒也封为赵公，史称"后赵"。一个天空下出现了两个赵国，这是否预示着他们必然火并的命运呢？

荀子说："兼并易而坚凝难。"初入关中时，刘曜尚能从谏如流，但不久就听不进劝谏了。尤其令人不解的是，在外有强敌、内乏国力的情况下，他竟然耗费巨资为父母修建陵墓，导致朝政荒废、民怨沸腾。

公元328年，后赵主动向前赵发起了进攻。激战在洛阳爆发，两国皇帝亲自参加了战斗。当石勒小心翼翼地进行战前准备时，刘曜却每天和亲信们赌博饮酒。决战开始时，刘曜已经喝得烂醉如泥。

上马后，为了表示从容不迫，他又大喝了几口酒。于是，两军一交战，便败下阵来，醉意未消的刘曜从马上摔下来，伤口鲜血直流，最终被敌人生擒，他的五万名部下也被剁去了脑袋。

刘曜被押到后赵都城，扔进了一个破烂的小屋。等到刘曜醒了酒，石勒命令刘曜写信劝坚守关中的儿子投降。刀架在脖子上的刘曜仍气势不减，他在信中明确指示儿子"坚决抵抗，不要因为我改变主意"。石勒火冒三丈，立即处死了这位死猪不怕开水烫的俘虏。

其实，刘曜的临终嘱咐没错，只要儿子们坚守关中，就有与后赵对抗下去的资本。

但他高估了从未经历磨难的儿子们。公元329年正月，刘曜被杀的消息传到长安，太子刘熙和哥哥刘胤居然撇下都城西逃上邽（guī）——今甘肃天水。

主子都跑了，我们为谁卖命？于是，留守长安的前赵将军率十万军队开城投降。就这样，后赵兵不血刃地接收了这座搭上十万精兵也未必能攻克的坚城。

当年九月，刘胤又后悔当初不该撤出长安，率领数万精兵卷土重来。他太天真了，他应该明白：历史从不给退席者以补席的机会。听到消息，石勒高兴坏了：天堂有路你不走，地狱无门偏进来！立刻，石勒派大将石虎带两万骑兵增援长安。

结果，刘胤战败后再次西逃，石虎则沿途追杀，一直追进上邽城，五千多名王公贵族被押送洛阳集体阬（kēng）杀。需要说明的是，因为古代"阬"与"坑"是通假字，"阬杀"有时也写作"坑杀"，所以被误解为活埋。其实"阬"的本义是高大的门楼，指把敌人的尸体堆积在路旁用土夯实，形成高大的土堆，以夸耀武功并震慑敌人。我们在电影中看到的项羽挖了大坑活埋二十万秦卒，还有白起挖了大坑活埋四十万赵兵，都是历史常识性错误。

这个王朝只存在了十一年，如流星坠入了太空，生命回归了土地，小溪汇入了大河，在"五胡内迁"中充当急先锋的南匈奴各部，彻底沉淀进了两晋南北朝巨大的历史漩涡中，唐代史书上已经找不到他们的名字。残存的，只是一段模糊不清的历史回忆。

对此，连历史老人也会怀疑，生命力如此磅礴、部落如此众多的匈奴，真的会甘心轻易隐退在时光的尘烟中吗？在这里，我必须负责地告诉读者，匈奴的历史并未就此结束。就在南匈奴的中国部分画上句号的同时，北匈奴的世界之旅响起了铿锵的足音。

十二　亡命天涯

北匈奴西迁，发生在公元一世纪末年。当时的匈奴分裂为南北两部分，南匈奴投降汉朝，北匈奴不肯就范。因而，汉朝发起攻击，在今阿尔泰山大破北匈奴，北单于侥幸逃脱。唐诗《塞下曲》形象地描述说：

月黑雁飞高，单于夜遁逃。

欲将轻骑逐，大雪满弓刀。

战后，北匈奴残余被迫仓皇西逃，剩余的十万部众被鲜卑合并。

帝国消失了，但流动的帝国余脉尚存。他们以马蹄为笔，以亚欧大草原为背景，书写了一部近四百年持续迁徙的悲壮史诗，准噶尔盆地——巴尔喀什湖畔的悦般——阿姆河流域的康居——泽拉夫善河边的粟特国——钦察草原的阿兰国——顿河与多瑙河草原。四世纪下半叶，匈奴人已经无限接近了哥特人的领地。

哥特人是日耳曼人的一支，于公元三世纪进入黑海沿岸，以德涅斯特河为界，河东称东哥特，河西为西哥特。公元374年隆冬，一群黑头发、黄皮肤、身材短粗的外来人突然出现在东哥特边境，这些神秘的人粘在马上，刀箭共用，忽聚忽散，来去无踪，没等东哥特步兵布好方阵，已经像高山上的暴风雪一样"从天而降"。东哥特遭到了从未有过的惨败，"东哥特人的亚历山大大帝"亥尔曼因为接受不了这一结局绝望自杀，多数东哥特人被迫投降，并将公主送给了匈奴单于巴拉米尔；不屈的人则四散而去，把压力留给了同胞西哥特人。

东哥特灭亡的消息传到西哥特，西哥特人赶紧布置了一道钢铁防线。但巴拉米尔率领大军巧妙地绕道而行，在德涅斯特河上游偷渡成功，从敌军背后发起了冲锋。西哥特人不战自溃，军队连同家属数十万人潮水般拥到多瑙河沿岸。西哥特人向罗马帝国提出了入境申请，表示愿为罗马守卫边防。正为兵源发愁的罗马皇帝瓦伦斯欣然同意，条件是西哥特人解除武装并交出妻子和孩子作为人质。

公元376年，走投无路的西哥特人忍辱答应了罗马的要求，争先恐后地登上独木舟，仓皇渡过多瑙河进入罗马境内，在新主人的压榨下苟且偷生。后来，不堪凌辱的西哥特人发动起义，在公元470年攻陷了伟大的罗马，使象征着奴隶制的"永恒之城"匍匐在了奴隶脚下。

如此看来，是匈奴骑兵的到来导致欧洲发生了史无前例的百年动荡。其情景犹如后浪推前浪的潮水：西哥特人先是来到意大利灭掉了西罗马帝国，而后又越过高卢在西班牙建立了西哥特王国。原来居住在西班牙的汪达尔人，不得不渡过地中海，到北非去建立他们自己的国家——汪达尔国。居住在莱茵河下游的法兰克人，向南扩展到高卢一带建立了法兰克王国。原来驻扎在欧洲东部的东哥特人，则逃到意大利半岛和西西里岛建立了东哥特王国。难怪西方学者把古典文明的终结怪罪到日耳曼和匈奴头上，而匈奴无疑是始作俑者。

十三　上帝之鞭

公元444年，匈奴帝国正式建立，帝国以班诺尼亚为中心，东起咸海，西至莱茵河，南达巴尔干，北临波罗的海，总面积达到四百多万平方公里。

第二年，阿提拉成为帝国单于。与冒顿齐名的匈奴军事家阿提拉，是欧洲讲话最有分量的人，他指挥数十万大军四处掠夺，并曾率军进入东罗马，连续攻克了七十多个城堡，前锋甚至逼近了达达尼尔海峡和温泉关。从此，阿提拉被绝望的东罗马人称为"上帝之鞭"。

好在，"上帝之鞭"并未蹂躏君士坦丁堡。但他派人送来了撤兵的条件：东罗马让出多瑙河南岸相当于十五天旅程的土地，遣返逃往东罗马的匈奴叛民，无偿交还在战争中被俘的匈奴人，而被俘的东罗马军人每人要交十二片黄金方能赎回。东罗马一一照办。

东罗马已经基本失去了掠夺的价值，阿提拉决定把矛头转向繁华富饶的西罗马。就在阿提拉对西罗马垂涎三尺的时候，西罗马宫廷发生了一桩丑闻。公元449年，西罗马公主奥诺莉亚和侍卫长私通被发现，皇帝将她送进修道院软禁起来。风流成性的公主耐不住青灯孤影的寂寞，暗中写信向阿提拉求救，声称愿意以身相许。曾在罗马做过人质的阿提拉对公主心仪已久。

立刻，他向西罗马皇帝提议迎娶公主，并要求得到西罗马的一半领土作为公主的嫁妆。无理的要求遭到了对方的严词拒绝。

于是，阿提拉入侵西罗马有了一个冠冕堂皇的理由。

阿提拉亲率五十万联军沿莱茵河攻入西罗马的高卢，高卢名城一个接着一个陷落。据说，在渡过莱茵河的时候，阿提拉军团顺便拦截了一万多名前往罗马朝圣的少女，这些圣女坚定地拒绝了阿提拉军团的侵犯要求。一怒之下，阿提拉将万名圣女全部屠杀。

这一野蛮的暴行震惊了罗马教会，也震惊了西罗马帝国的所有蛮族，法兰克人、西哥特人、勃艮（gèn）第人与西罗马人组成联合军团，与阿提拉在今法国东北部的香槟平原遭遇。

这是一片一望无际的冲积平原，平原上坐落着玲珑的小城沙隆，马恩河蜿蜒流过，两岸长满高高的白杨。如今的马恩河边，有一个名叫"阿提拉营地"的小山包，周围依稀可见古战场的痕迹，一千五百多年前曾有一支军队在这里掘壕据守。

公元451年九月二十日，在这块弥漫着香槟酒香的土地上，爆发了欧洲历史上规模最大的会战。一方是日薄西山的罗马帝国，另一方是如日中天的"上帝之鞭"。双方共投入了一百多万兵力，会战虽然只进行了一天，但尸横遍野，血流成河，十六万人在战斗中丧生。匈奴军队败退到小山包，他们将大篷车首尾相连，弓箭手密布其间，形成了一道坚固的防线；阿提拉用马鞍堆起一座小山，将所有的金银珠宝和妃嫔放在上面，自己端坐在中间，打算一旦罗马军队攻破营垒，他就引火自焚。不知为什么，面对垂死挣扎的阿提拉，罗马联军突然犹豫起来，迟迟没有发动最后一击，阿提拉得以撤回匈牙利平原。

退缩不是阿提拉的个性。第二年，阿提拉越过阿尔卑斯山，直接攻入了西罗马的心脏意大利，仓促应战的西罗马军队节节败退，古城罗马危在旦夕。这时，罗马教皇利奥一世亲自前往阿提拉的军营，请求阿提拉停止进攻。教皇开出的条件是，将意大利北部所有修道院的财富送给阿提拉。因为匈奴军中突发瘟疫，东罗马援军也即将到达，再加上教皇开出的条件，阿提拉答应撤军。但他在撤军前扬言，如果不把西罗马公主送来，他还会卷土重来。

十四　英雄之死

欧洲难道就没有比西罗马公主更美的女人吗？很快，一位金发美女被送进阿提拉的大帐。

接下来的故事竟然相当于螳螂娶媳妇，婚礼和葬礼要连在一起办。公元453年春，年仅十九岁的日耳曼少女伊尔迪科嫁给了阿提拉。可能是乐极生悲吧，就在新婚之夜，阿提拉长眠在了美丽的新娘身边。

第二天，众人进了新房，才发现阿提拉血管爆裂，血流进咽喉窒息而死，新娘则蜷缩在床角瑟瑟发抖。见此情景，匈奴贵族们纷纷剪下一绺头发，然后拔刀将自己脸上划得鲜血直流，因为根据匈奴习俗，英雄之死应该用武士的鲜血，而不是妇人的眼泪来悼念。

阿提拉的棺材分为三层，最外层是铁壳，第二层是银椁，最内层是金棺，以象征他的不朽功业。匈奴人拦住一条河流，把棺材埋葬在河床下，然后开闸放水。所有参与施工的奴隶被处死，从而使盗墓者得不到任何线索。直到如今，阿提拉墓仍然是个梦一样的谜。

历史老人早就告诫我们：别指望所有的花儿都能结果，所有的鸟儿都能歌唱。继承者的无能很快断送了强大的匈奴帝国，潮水般兴起的帝国，突然又潮水般退却。帝国境内的东哥特人和吉列达伊人趁机反叛，他们在公元454年击败了匈奴骑兵，阿提拉的长子兼继承人战死，阿提拉的另外三个儿子归附了西罗马，还有一个不甘屈服的儿子也被东罗马军队所杀。

就这样，冲击着战国、秦汉，践踏着新朝、西晋，狂飙漫卷起欧洲民族大迁徙的狼烟，匈奴——这个曾经无比强盛的草原帝国在公元500年之后终于走完了辉煌的历程，像一颗无比耀眼的巨星，陨落在恒久的历史长空。

事实证明，当以狩猎为主，靠地上野草和天上飞鸟生活的原始部落同以农牧业、工商业为主业的文明种族发生冲突时，也许前者能以彪悍的身体和机动的战法盛极一时，但最终将无法摆脱被击溃和融合的命运，这就是历史的铁律。

有意思的是，几百年后，一支名叫马扎尔的渔猎民族，竟然自称阿提拉的后代。公元900年前后，这支渔猎民族从伏尔加河流域迁徙到多瑙河中游，首领阿尔帕德大公对外骄傲地宣称自己是阿提拉的曾孙，得到了阿提拉的"战神之剑"，率众辗转来到阿提拉王朝旧地——匈牙利平原。公元1000年，阿尔帕德的后裔圣·伊斯特万建立了匈牙利王国。匈代表"匈奴"，牙利代表"人"，匈牙利就是"匈奴人"。

后来，奥匈帝国语言学考证，匈牙利人是芬兰——乌格尔人的一支，与匈奴没有关系。但是，匈牙利人并不认账，他们一直以自己是阿提拉的后代为荣。如今，他们对内称"马扎尔奥尔萨格人民共和国"，对外则以"匈牙利"作为国际名称。在民间，阿提拉仍然是匈牙利男孩常用的名字。

第三章　鲜卑——逐鹿中原的生力军

　　一个美梦的破裂，往往是一个未来的开始。

——犹太格言

一个生命的结束，往往是另一个生命的开始。在北匈奴远走欧洲的同时，另一支游牧民族迅速填补了匈奴留下的真空，她被称为鲜卑。

一　鲜卑内迁

敕勒川，阴山下，天似穹庐，笼盖四野，天苍苍，野茫茫，风吹草低见牛羊。

这首《敕勒歌》，是鲜卑早期的一首民歌。它与产生于北魏时期的鲜卑民歌《木兰辞》《折杨柳歌》一样有名。可能读者会说，能创作出这样美丽歌谣的民族，一定是一个浪漫的民族吧？

事实的确如此。鲜卑的祖先名叫东胡。说到东胡，我不得不揭他的短。居住在匈奴以东的东胡，本来与匈奴井水不犯河水。但在匈奴太子冒顿杀父自立后，自恃强大的东胡大人偏偏去主持什么公道，一而再，再而三地凌辱对方，一会儿要匈奴的千里马，一会儿要冒顿的老婆，一会儿又要两国之间的土地，其情景恰似《渔夫和金鱼的故事》里贪得无厌的老太婆，结果被善于后发制人的冒顿所偷袭，自己掉了脑袋不说，自己的部下们也死的死，逃的逃。

战败后，东胡人分两路退走，一路退居乌桓山（今内蒙古阿鲁科尔沁旗的罕山），从此被称为乌桓，含义是黑龙；另一路退居鲜卑山（今内蒙古科尔沁右翼前旗），从此被称为鲜卑，含义是吉祥。

这一对难兄难弟，最先内迁的是乌桓，他们先是担任了东汉的边防斥候——相当于侦察兵，后来在东汉末年不甘寂寞地插手中原事务，帮助袁绍占领了幽州。在袁绍战败后，乌桓大人又收留了袁绍的儿子袁尚与袁熙，结果被曹操发兵征服，几十万乌桓人全部迁往内地，渐渐被汉人同化。

匈奴衰落，乌桓内迁的日子里，分布在鲜卑山的鲜卑人成扇形南迁西进，融合了没有来得及逃走的十多万匈奴人，全盘接收了强盛时期的匈奴故地，成为这个美丽草原的新主人。

西晋末年的中国如同一锅热水，沸腾着痛苦也燃烧着希望。匈奴、鲜卑、羯、氐、羌"五胡"近一千万人，为寻求富饶的土地而"逐鹿中原"，历史进入了刀光剑影的五胡十六国时期。公元352年，鲜卑慕容部首领慕容儁（jùn）迁都邺城（在今河北临漳西南），宣布脱离东晋，自立为帝，建立了鲜卑人的第一个中原政权——"燕"，史称"前燕"。

慕容儁病死后，他的弟弟们像诸葛亮辅佐刘禅一样拥立年仅十一岁的侄子慕容暐继位。当时，东晋的常胜将军桓温发动了第三次北伐，势如破竹。危难之际，小皇帝的叔叔慕容垂挺身而出，在今河南淇门渡大破晋军。慕容垂一战成名，威震四方。

听到胜利的消息，本应兴高采烈的小皇帝哭了，因为身边的大人告诉他，你的这个叔叔打的胜仗越多，对你的威胁就越大，说不定哪一天会杀了你。于是，小皇帝和身边人开始考虑除掉慕容垂。

是反击，还是逃跑？慕容垂辗转反侧，彻夜难眠。他明白，人不能和猪摔跤，双方都搞得一身泥，这正是猪喜欢的结果。权衡再三，他很不情愿地投降了前秦皇帝苻坚。

大将一走，前燕的灭亡进入了倒计时。不久，前秦的十几万大军扑向前燕，邺城陷落，幼稚的慕容暐做了俘虏。看在叔叔慕容垂的面子上，他不仅没有被杀掉，而且还得到了妥善安置。

接下来，就是童话般的战争淝水之战了。

前秦伐晋的筹划阶段，慕容垂是极少数坚决支持苻坚出兵的重臣之一。也难怪苻坚发出了"与吾定天下者，唯卿一人耳"的感叹。

精明的慕容垂不会预料不到伐晋的危险，但他有自己的如意算盘：如果打胜了，支持皇帝出兵的他肯定受到奖赏；如果打败了，他可以回到自己的根据地趁乱复国。无论结果如何，他都是受益者。

战争如期进行，慕容垂被任命为副将。战役前期，慕容垂还率领西路军攻陷了郧（yún）城（今湖北郧县）。但他们一只眼盯着敌人，另一只眼瞄着最近的逃生之路。淝水大军一退,西线的慕容垂和三万手下子弟率先拔腿逃跑,因此成为唯一一支毫发无损的部队。

天分外暗,云出奇低,残兵收容站渑池(miǎn chí,现属河南)充斥着悲凉的气氛。六百六十二年前,秦昭王和赵惠文王在此会盟,赵国文臣蔺相如因为逼迫秦昭王击缶(fǒu,一种盛酒的瓦器)而名扬天下。会盟七十多年后,陈胜手下大将周文的数万大军在这里被秦将章邯全部歼灭。就在这个流淌着历史典故、茧结着岁月疤痕的地方,受伤的苻坚向部下征询军事补救方略,慕容垂趁机提出:"国家新败,北方部落蠢蠢欲动,请允许我前去安抚他们,并顺便祭扫祖坟。"

苻坚不假思索地答应了他,允许他回到前燕故地。他于公元384年纠集鲜卑遗民复国,自称燕王,史称"后燕"。

二　虎父犬子

西方有句谚语:"上帝造一棵南瓜藤,三个月就足够了,但要长成一株参天的红桧,需要上百年的岁月。"显然,慕容垂并不懂得这一道理。在取得了一系列辉煌的成就之后,他开始盲目乐观起来。

盲目乐观的标志,就是他开始懒惰,开始分权,连最为重要的军事行动也不再亲自出马。一天,据说是为了给儿子历练的机会,他派太子慕容宝率八万精兵讨伐北魏拓跋珪。这位在父亲呵护下长大的太子，从没有过独立作战的经历，是一棵温室里的花草。

这时的北魏军力远不如后燕，因而拓跋珪采取了骄兵之计，让国人西渡黄河迁移到千里之外，制造了狼狈逃跑的假象。

在追击敌军两个月后，后燕军团来到黄河岸边。此时，不知哪里传来了父亲病危的消息。慕容宝唯恐继承权不保，匆忙下令拔营回国。

十一月的黄河尚未结冰，慕容宝认为敌人无船不能追击，也就没有安排军队断后，而是大摇大摆地慢慢后撤。然而，寒流突至，黄河结冰。拓跋珪亲率两万骑兵踏过结冰的黄河，昼夜兼程，于四天后悄悄逼近毫无知觉的敌人。

后燕军队走到参合陂（bēi）（今内蒙古凉城以东的岱海），已是傍晚时分。突然，一道黑气如长堤一般从燕军身后漫卷而来，将整个军队笼罩在一片黑暗中。此事引起了一名随军和尚的警觉，他再三提醒慕容宝做好防御准备。

一个考验主帅判断力的机会已经摆在面前。战场瞬息万变，决断只在一念之间，如果主帅判断失误，付出的将是无数手下的生命。但慕容宝是一个极其懒惰和愚钝的人，对那些可能性不大的猜测，他根本提不起兴趣，因而也就没有安排特别的警戒。天终于黑了下来，疲惫不堪的燕军停下脚步，在参合陂东边的蟠羊山依水扎营。

第二天，火红的太阳刚刚升起，从梦中醒来的燕军突然望见山上如鬼神般静静站立的魏军。魏军这种鬼魅、狰狞、恐怖的出场方式，不但燕军士兵从未见过，就是在现代恐怖片中也十分罕见。立刻，燕军被惊得毛骨悚然、魂飞魄散。

拓跋珪纵兵从山上冲杀下来，上万燕兵要么被水淹死，要么被马踩死，近五万燕兵当了俘虏。只有主帅慕容宝和弟弟慕容农、慕容麟，叔叔慕容德因为马快侥幸逃脱。一件震惊历史的事件随之发生，拓跋珪将有才能的燕将留作自用，其余被俘的近五万燕兵被全部阬杀。这一杀俘事件在中国军事史上仅仅排在白起阬杀四十万赵兵、项羽阬杀二十万秦兵之后，名列第三。

侥幸逃生的儿子趴在面前，七十一岁的慕容垂连肠子都悔青了——自己怎么生了这么个不成器的儿子，自己怎么会让他去领兵打仗?！随后，老皇帝做出了一个惊人的决定：亲提龙城精骑，立即进军北魏！

好像一场篮球比赛，甲方刚刚进了一个球，还没有从进球的喜悦中回过神来，乙方已经追着屁股打了一个反击。燕国大军秘密出发，凿开太行山道，突袭北魏占据的平城。平城守将——拓跋珪的弟弟拓跋虔战死，三万军人全部被歼。很快，燕军一路向北来到了昔日的战场参合陂。

"京观"表层的泥土犹新,不久前生龙活虎的数万士兵已成堆积如山的尸骨,无数冤魂仿佛还在山间飘荡。燕军设下祭坛,死难将士的父兄一起放声痛哭,声震山谷。白发苍苍的慕容垂面对遍地的尸体,听着凄厉的哭声,想起蹉跎岁月的无情和后继乏人的无奈,心中又惭又恨,一口鲜血喷涌而出,十天后便死于退军途中,曾经无限希望的讨伐被迫终止。

三 旷世情种

老皇帝死后,新皇帝慕容宝一直被拓跋珪追着屁股东奔西逃,于公元398年逃往鲜卑老窝龙城,建立了北燕。

很快,新皇帝就被坐镇龙城的舅舅兰汗杀死。

慕容宝的儿子慕容盛只身返回龙城吊孝,并在几天后的一次宴席上,将岳父兰汗一刀砍下了脑袋。慕容盛昂然走上了王座,并使后燕呈现出一派复兴的迹象。但他执法太过严苛了,严苛得对贵族也不留情面,结果被太后的侄儿刺成重伤。弥留之际,他将辅佐年轻太子慕容定的重任托付给了皇叔慕容熙。

这位皇叔可是一位出名的情种。他是慕容垂的小儿子,尽管辈分很高却比刚刚死去的侄子还小十二岁,是一位十七岁的风华少年。

慕容宝之妻、当朝太后丁氏一直与小叔子慕容熙通奸。刚刚处理完皇帝后事，太后就下令废掉太子，立自己的情人慕容熙为新帝。

他是一位不甘寂寞的人。在当上皇帝之后，就开始广选美女。前秦宗室之女苻娀（sōng）娥和训英姐妹被选入后宫。这两位芙蓉如面柳如眉的绝色美女，引得新皇帝天天厮混，夜夜流连，还征调数万名工匠为爱妃修造了华美绝伦的花园和宫殿，一如当年夫差为西施建造的馆娃宫和汉武帝为阿娇修造的黄金屋。

看到皇帝的所作所为，老情人丁太后醋意大发，后悔当年立错了皇帝，并咬牙切齿地对人说："我既然有办法立他，也就有办法废他。"风声传到皇帝耳中，老情人被逼自杀。自杀前，丁太后痛悔得肝胆俱碎：亲生儿子和毫无血缘关系的小叔子谁亲谁疏一目了然，自己怎么会为了所谓的"爱"做出那样愚蠢透顶的选择呢？！

对于"爱情至上"的人们来说，受伤的往往是女人，得益的往往是下一位女人。但皇帝的两位爱妃福微命薄，大姐娀娥病死不久，小妹训英又撒手人寰。情种慕容熙痛不欲生，哭昏在地，太医忙活了半天才使他缓过气来。

携手处，今谁在，为谁零落为谁开？

悲痛至极的慕容熙命令大臣放声痛哭，哭不出眼泪来的一律斩首示众。当时，辣椒还没有传到中国，大臣们只得找来大蒜抹进眼睛，逼迫自己"泪如雨下"。

尽管时间紧迫，他还是匆匆为爱妃建造了方圆数里的陵墓。如果时间允许且工匠充足，又一座泰姬陵恐怕要在中国大地上诞生。

出殡开始了，庞大的送殡队伍载着巨大的灵车徐徐挪动。因为灵车太大而城门太窄，可怜的城门也被拆毁。等他哭天抢地地走出城门，已经失望到极点的禁卫军首领立即关闭了城门。慕容宝的义子、高丽人慕容云被推举为皇帝，建立了历史上所谓的"北燕"。

他的痴情和下场与建造泰姬陵的沙杰汗极其相似。所不同的是，沙杰汗只是被篡位的儿子幽禁在古堡里，而慕容熙则在率领出殡队伍反攻龙城时兵败被杀，年仅二十三岁。这一年是公元407年。

四　一只翅膀的天使

听说叔叔慕容垂举起了独立大旗，慕容泓当然不甘寂寞，他也纠集几千子弟起兵独立。不久，远在平阳的弟弟慕容冲也赶来投靠自己。两股小溪并成了一条大河，他萌发了扬帆远航、割据自立的野心。但他要称帝，必须征得哥哥慕容暐同意，因为慕容暐尽管被软禁在长安，但他毕竟是前燕皇帝。

于是，慕容泓派人前往长安请示。一天早上，喜鹊在枝头乱叫，不一会儿，手下带回了哥哥的口信："为了燕国复兴，你可以称帝。"

经过一番精心准备，他于公元384年宣布为皇，历史上的"西燕"宣告诞生。但他命运不济，两个月后就因为用法苛刻被手下刺杀。

弟弟慕容冲走上前台。这位少年与前秦苻坚有着不解之缘。早在十四年前前秦灭燕时，十二岁的他和十四岁的姐姐清河公主被押送长安，因为姐弟都眉清目秀，所以被苻坚纳入了后宫，一为女宠，一为男伴。

今非昔比，如今的他已经是上万人部队的统帅，而且占领了长安附近的阿房宫。就在这个被项羽放过火的地方（最近考古发现阿房宫根本没有建成），他接替哥哥成为西燕皇帝。

公元385年，西燕开始围攻苻坚所在的长安。苻坚闻讯，亲自登上城头，结果发现敌军统帅是自己从前的男伴慕容冲。他赶忙命令手下送去一件锦袍，希望男伴看在过去的情分上退兵。慕容冲不仅把锦袍扔在地上，而且高声要求苻坚把皇位让给他。一向仁慈的苻坚终于雷霆震怒，把软禁在长安的慕容暐及其全家杀了个精光。

苻坚弃城逃走，西燕攻陷长安。听惯了草原风声的鲜卑将士归心似箭，纷纷要求东归故里。而皇帝却贪恋长安的繁华与气派，迟迟不愿东归。于是，民间传唱起一首歌谣："凤凰（慕容冲的小名）凤凰止阿房，凤凰凤凰，何不高飞还故乡，无故在此取灭亡？"

一谣成谶，"凤凰"在公元386年的内讧中被"猎杀"。军队终于安定下来，大军向故乡进发。在到达今山西闻喜时，前方传来了与地名截然相反的消息：慕容垂已经建立后燕，前面就是后燕的地盘。部队就地扎营，手握实权的慕容永被推举为大将军、大单于。

他没有立即称帝的原因，是需要一场胜利作为铺垫。那好，就拿人见人欺的后秦国君苻登作为试金石吧。在定襄，西燕抓住后秦军队一顿暴打，一直追得后秦军人无影无踪，今山西长治的长子城被西燕占据。就在这里，慕容永登上了皇位。

眼前剩下的对手，只有同根相生的后燕了。这时的两个燕国，必须回答同一个问题：是互相对峙，还是共谋中原。

人是只有一只翅膀的天使，只有拥抱着才能飞翔。但两者都不明白这一道理，一场兄弟大战在公元393年爆发。五万西燕精兵冲向后燕阵地，可是追了半天连个人影也没有追到。正当他们犹豫不决、东张西望的时候，后燕伏兵从四面八方发起冲锋。西燕遭遇空前惨败，慕容永狼狈逃回首都。

首都被慕容垂团团围住，死神停栖在长子城头，像黑色的沙鸥向日暮前的海岛云集。心急如焚的慕容永派人出城向东晋和北魏求援。可惜，援兵未到，慕容永的一位堂兄就打开城门把敌人放了进来。很快，皇帝就掉了脑袋，西燕这个未满十岁的"少年"突然夭折。

五　祸起音乐

在慕容家族中最无野心的除了慕容恪，就数慕容德了。

身为燕国范阳王的他本无心称帝，眼看着侄子慕容宝被北魏追得屁滚尿流，极度失望之下，他率领邺城十万军民流浪到东晋境内，并在滑台（今河南滑县）宣布独立。

但滑台地处中原腹地，周边都是慕容鲜卑的百年世仇，实在无险可守。为在乱世中保存慕容家族最后的香火，他开始寻找新的支点。

儒家文化源远流长的齐鲁大地，不仅人杰地灵而且物华天宝，是休养生息、积存实力的绝佳地带。公元400年，慕容德将都城移往广固（今山东青州），并正式称帝，这个政权被称为"南燕"。

生命，不管情愿与否，总是日渐靠近某个可知或未知的终点——有花开就有花谢，有日出就有日落，有起点就有终点。就在公元405年草木摇落的季节，慕容德随之凋零。

一位二十一岁的美少年走上宝座，他叫慕容超，是老皇帝的侄儿。这是一位音乐爱好者，他有大半时间坐在宫中，听那经过长期培训的宫廷乐队演奏音乐。随着那美轮美奂的旋律，他心摇神驰，如痴如醉。时间一长，他对音乐的感悟达到了非凡的境界，乐师们在他的督促下不断地探索与创新，因而南燕宫廷乐队名声大噪，誉满海内。他又是一位孝顺和重情的人，为了赎回被后秦国主姚兴长期软禁的母亲和妻子，他派人与姚兴谈条件：赔钱也行，割地也行。但对方偏偏也爱好音乐，而且听说南燕有一支一流的宫廷乐队，因此放出话来："除非将宫廷乐队作为交换，否则一切免谈。"犹豫再三，他还是忍痛答应了对方。

公元409年元旦，他在东阳殿接受群臣朝贺。按照惯例，宫廷乐队奏起了吉祥祝福的音乐。年轻皇帝生气了，因为新招募的乐师无论技艺还是风度都与昔日的乐师相去甚远。于是，他颁布命令，从东晋控制区抢劫仕女进行音乐培训，重建天下一流的宫廷乐队。

这时的东晋可惹不起，因为实际当政者是叱咤风云的刘裕。而刘裕当时的进攻方向是岭南和四川，如果不是发生南燕抢人事件，刘裕或许不会难为这位关系不错且威胁不大的小邻居的。

"既然想自取灭亡，我就设法成全你！"刘裕征调大军从建康出发，经淮河入泗水，在临朐与临阵指挥的慕容超相遇。几个回合下来，慕容超丢下玉玺、御辇和仪仗，狼狈逃回都城。

广固被团团围住，水源也被切断，在勉强支撑四个月后，慕容超趁着夜色弃城逃跑，不幸被晋军半路生擒。

爱好音乐的皇帝被囚车押送到建康，公开处斩在闹市区，死时年方二十六岁。据说临刑时他还问监斩官："为什么听不到音乐伴奏？"

之后，三千名慕容家族成员被全部斩首，这个曾经是中国最具影响力的慕容家族从此销声匿迹，金庸笔下那个一心复国的慕容复不过是虚构的文学形象而已。因为音乐而亡国，慕容超恐怕是第一人。

于是我想，无论是金刚怒目地红一回，还是如蝶翩翩地飞一回，落叶对待秋风如同人类对待命运，选择了不同的甚至另类的方式，起码会让秋天多一分斑斓的景致。慕容超的结局何尝不是如此？

六　王者归来

慕容鲜卑倒下了，另一支鲜卑却在上升。

早在公元338年，拓跋鲜卑首领什翼犍（jiān）就在今内蒙古和林格尔西北的盛乐建立了代国。可惜生不逢时，因为前秦正在崛起。公元376年，苻坚派出二十万秦兵攻入代国，什翼犍被迫逃向阴山以北，回来在内讧中被杀。在王族中，逃过内讧者屠刀的，只有什翼犍年仅六岁的长孙拓跋珪。

长大后，母亲贺氏带着拓跋珪回到了娘家贺兰部。一到贺兰部，什翼犍长孙的身份给他罩上了炫目的光环。经过舅舅贺讷（nè）的多方游说，拓跋鲜卑在锡拉木林河边的牛川召开部落大会，做出了恢复代国的决定，拓跋珪被推举为新的代王。上台后的拓跋珪将都城迁移到昔日的代国都城盛乐,并将国名改为战国七雄之一的魏,史称"北魏"。他就是著名的道武帝。

公元386年,拓跋珪年仅十六岁。如果在今天,两年后他才有选举权与被选举权。

人的价值不在于拿一手好牌,而在于打好一手坏牌。年轻皇帝面临的可是一个强邻虎视的棘手局面,南有独孤部,北有贺兰部,东有库莫奚,西有匈奴铁弗,阴山以北有柔然与高车,太行山两边有后燕和西燕,因此从建国的那天起,他就把精力用在清除邻居上,先征服了独孤部、贺兰部,再击败了刘显、刘卫辰,继而兼并了高车、库莫奚。与此同时,西燕也在公元394年被后燕灭亡。广阔的华北,只剩下老牌的后燕与新兴的北魏。

两虎相斗,已经在所难免。公元395年的参合陂之战,近五万后燕降兵被拓跋珪阬杀,两国的力量对比迅速逆转。后燕皇帝慕容垂死后,拓跋珪更加游刃有余,不到两年就使后燕销声匿迹。他大功告成,继而名垂青史。

但他也给历史留下了遗憾和沉思,原因是他不仅好色而且期望长生不老。早在风华正茂的年轻时代,他在母亲的部落遇到了粉颈如脂、国色天香的小姨妈。可惜小姨妈已经嫁人,但他穷追不舍,逼着母亲答应这门婚事,母亲断然回绝了他。结果,他秘密派人刺杀了小姨夫，强行将小姨妈纳为贺夫人，并于后来生下了拓跋绍。

晚年的拓跋珪期望长生不老，常常服用带有朱砂和石英有毒成分的"寒食散"，导致性情狂躁，随便杀人。公元409年十月，拓跋珪公开大骂贺夫人，声言要杀掉她。被囚禁的贺夫人向儿子拓跋绍求救。因为杀人过多，拓跋珪的居住地点一般人并不知晓，偏偏拓跋珪的宠妃万人与拓跋绍私通，父亲的藏身地点再也谈不上什么秘密。

一个没有月亮的夜晚，在地下情人的导引下，拓跋绍悄悄进入密室，一刀将父亲刺死。这位渴望长寿的英雄，就这样结束了叱咤风云、风流潇洒的别样人生，死时只有三十九岁。事发后，刺杀父亲的拓跋绍引颈受戮。

七　孝文帝改革

到第三代皇帝拓跋焘当政时，北魏已经灭掉了夏、北燕、北凉，北方像前秦时那样走向了久违的统一。

"文明"尾随而至。

事实上，文明从来不会在同一地点停留太久。通常，它会在地图上蜿蜒曲折地移动。在晋朝长满蒿草的高墙内驻足一段时间后，文明似乎在嘟囔："哎，我和这些已经变得懒惰和猜疑的人待在一起太久了。"于是，它收拾起书籍、乐器、科学，开始了新一轮的漫游。它辗转来到了新生的北魏，因为这里是一片创新、开放、追求文明的沃土。

北魏第六代皇帝——孝文帝拓跋宏，不满足于做一个半野蛮民族的国王，他决意要做一个文明国家的主宰。但是，将北魏从一个草原部落转变为一个农业帝国绝非轻而易举，需要强有力的手腕和精明的头脑。更重要的是，要有足以压倒保守势力的坚强后盾。而这一切，小皇帝正好具备。

从公元471年开始，在祖母冯太后支持下，孝文帝顶住豪强大族的压力，实施了将封建中国移植到原始草原民族的伟大手术。国家规定，官吏按季度领取俸禄，严禁贪污，贪赃绢一匹即处以死刑；明令禁止对女性犯人的"裸形处决"，维护了女性最起码的尊严；把掌握的土地分配给农民，农民向国家交纳租税并承担一定的徭役；下令鲜卑贵族改汉姓，穿汉服，说汉话，提倡与汉族通婚。孝文帝带头娶汉族女子为妃，并把公主嫁给了汉人。孝文帝还把都城从地处高原的平城，迁到了四季分明的洛阳。

在文明太后去世三年之后的公元493年秋天，孝文帝率领二十万大军亲征南朝。在多数王公大臣极力反对迁都的情况下，孝文帝费尽了苦心。名义上是南征，事实上他是要借南征摆脱落后的生产和生活习惯，把颠沛流离的拓跋鲜卑融入中华文明之中。秋风萧瑟，冷雨潇潇，大军踏着泥泞一路南进。越向南走，北魏贵族和将士越不适应，近百年来在平城养尊处优的生活，已经耗尽了一个马背民族的剽悍和豪气，他们已经无法忍受艰苦的日子，直到他们无可奈何地在中原洛阳停下来，车轮和马蹄声止歇于新的都城里。

就这样，一个伟大的民族在一千五百年前，隐没在从平城到洛阳的历史古道上，消失在深秋的凄风苦雨中。

春风风人，夏雨雨人。孝文帝的汉化改革，加速了北方各族封建化的进程，促进了北方民族的大融合，也使北魏步入了一个空前的盛世。翻开从秦到清的历史长卷，作为从草原上走来的少数民族领袖，能够洞察本民族的封闭落后，勇敢抛弃不合潮流的陈规旧制，采外来文明之优长为我所用，集兄弟民族之智慧共建家园者，孝文帝乃先行者。

更令人欣喜的是，鲜卑将胡人草原般开阔的心胸带到了中原，将豪迈而奔放的胡人血缘融入了温顺而文雅的汉人血管，从而造就了伟大而开放的隋唐盛世。是孝文帝开通了通往隋唐的路——一条无限宽阔的强盛之路。

八　女人啊，女人

女人姓胡，是孝文帝唯一的孙子元诩的生母。孝文帝的儿子元恪病死后，年仅六岁的元诩继位，她以太后的身份总揽政务。

这是一位浪漫的女人，面首换了一茬又一茬，在一次失恋后竟给枯燥的魏史留下了一首情诗："阳春二三月，杨柳齐作花；春风一夜入闺闼，杨花飘荡落南家（指情人杨白花率部投奔了梁朝）；含情出户脚无力，拾得杨花泪沾臆；秋去春还双燕子，愿衔杨花入窠里。"

公元 528 年，娃娃皇帝已经是十九岁的青年。儿子开始对母亲把持朝政心怀不满，尤其看不惯母亲情夫们的所作所为。难道皇帝真的斗不过臣下？他不相信人的大腿不如胳膊粗，更不相信人的胳膊不如手指粗，但他又实在找不到办法。情急之下，他密令驻扎在晋阳的大将尔朱荣带兵进京。

消息不幸泄露，胡太后率先发难，与情夫合谋毒死了自己的亲生儿子。显然，这又是一位在情人和儿子之间站错了队的"爱情至上主义者"，其结局将一如既往地遗憾与悲惨。因为作为一个中年女人，你已经路过了你理当路过的风景，也行驶了你应该行驶的里程，水晶鞋穿了几十年也破了，南瓜马车坐了几十年也垮了，这时的你可以豪爽但不要豪放，可以浪漫但不可放荡，可以享乐人生但不可丧失理性。否则，你面临的除了背叛，也只有陷阱。

但没人告诉她这些道理，即便是有人告诉她，她也只会凤颜大怒。随后，她将孝文帝年仅三岁的曾孙元钊抱上皇位。

噩耗传出京城，外地的大将们群情激愤。元诩的叔叔元子攸被进兵途中的尔朱荣拥立为皇帝，与胡太后新立的小傀儡形成对立。

胡太后情夫统领的部队一触即溃。情人们都跑了，只剩下胡太后一个人削发为尼，以示赎罪。但对手能答应吗？尔朱荣进城后，风流一世的胡太后和可怜巴巴的小傀儡都被扔进了滔滔的黄河。

为了掌握新皇帝元子攸，尔朱荣将本已嫁人的女儿转嫁给了新皇帝。新皇帝不甘心扮演傀儡的角色，便找了个理由将岳父骗进宫来，一刀捅死了他。随后，尔朱荣的侄子——大将尔朱兆先后拥立元晔、元恭为帝，另一位大将高欢则先后拥立元朗、元脩为帝。

为了摆脱高欢的控制，元脩投奔了驻扎在长安的宇文鲜卑首领宇文泰。不久，宇文泰杀死了元脩，另立元宝炬为帝，是为西魏。高欢则在洛阳立十一岁的北魏宗室元善见为帝，是为东魏。十七年后，大权在握的高欢之子高洋毒死了元善见，建立了北齐。

九　两代半傀儡

公元556年，西魏太师宇文泰已经做好了夺位的一切准备，但秋季到北方视察时得了重病。临终前，将国事托付给了侄儿宇文护，叮嘱他辅佐儿子完成未竟的事业。

年底，宇文护按照叔叔的遗愿，逼迫西魏恭帝拓跋廓将帝位"禅让"给了宇文泰十六岁的太子宇文觉。第二年初，宇文觉继位称帝，建立了北周。他不过是皮影戏里只管表演的提线木偶，至于做什么动作和说什么话，全凭幕后的操纵者——堂兄、大司马宇文护。

宇文觉虽然尚未成年，却也想法很多，因而秘密召集了一批武士在皇家园林演练擒拿格斗，此招后来被少年康熙克隆过去并获得了成功。是年秋，有人向宇文护告密，宇文护立即活捉了参与筹划的大臣和正在训练的武士，将宇文觉贬为略阳公并于随后暗杀。

宇文觉的大哥、二十三岁的宇文毓从刺史升任天王。宇文毓上台后，处理起事情来有板有眼，为人宽容，人望激增。感受到威胁的宇文护于公元560年指使亲信在皇帝的糖饼里下了毒。临终前，口鼻流血不止的宇文毓口授遗诏，拜托大臣们忠心辅佐弟弟宇文邕。

按照皇帝的遗诏，宇文泰的四子、十七岁的宇文邕戴上皇冠。连续换了三任皇帝，大权在握的宇文护不仅没有收敛，反而更加飞扬跋扈。宇文护和新皇帝一起拜见太后时，往往赐给宇文护座位，而皇帝却站在旁边。皇帝看在眼里，记在心上，只因时机未到，所以极力忍耐。天长日久，宇文护的狂妄和跋扈激起了群臣的反感，就连他昔日的亲信都跑到了皇帝一边，他的一举一动都进入了皇帝的视野。

时机终于成熟，陷阱已经挖好。公元 572 年，皇帝约上宇文护一起拜访太后，在路上，皇帝将周成王的名篇《酒诰》交给堂兄，要他"以此"规劝太后不要酗酒伤身。两人有说有笑地来到了太后下榻的含仁殿，宇文护在太后面前一丝不苟地读起了《酒诰》。乘其不备，皇帝抡起玉珽将其击倒。幕后的武士一跃而出，将宇文护剁为两截。

用了整整十五年时间，北周皇帝两代半的傀儡生涯方告结束。

五年后，亲揽朝政、底气十足的宇文邕动员十五万人与北齐交锋于今山西临汾附近。虽说其间也穿插着部署和攻城情事，但具有决定意义的战斗不过半日。太阳落山时，北齐已成往迹，百年来沸腾着血水、燃烧着仇恨的北方就这样简简单单地走向了统一。

十　年轻的太上皇

宇文邕亲政后，立十四岁的长子宇文赟（yūn）为太子。这位在深宫高墙内长大的皇子，养成了喜欢阿谀逢迎的毛病，整天与巧舌如簧的小人混在一起，引得宇文邕将他暴打一顿。太子害怕起来，于是做出了一副知错就改的老实样子，把东宫官吏们哄得个个信以为真，连皇帝老子也听不到对太子的任何非议了。

光阴是一条流淌的河，转眼到了公元 578 年，北周大军深入大漠征讨突厥，御驾亲征的宇文邕在军中病倒，死时仅有三十六岁。

太子盼望了六年的皇位终于到手。皇位一旦到手，新皇帝便原形毕露。父亲尚未殡葬，他就摸着被父亲打过的伤疤，公开大叫："他早就该死了！"父亲刚刚出殡，他就一口气做了三件事：父亲宠幸的宫女全归自己，父亲重用的大臣统统流放，父亲弃用的小人全部重用。

公元579年，皇帝心血来潮，宣布传位给7岁的太子宇文阐，自己则令人惊讶地当起了太上皇。于是，初升的旭日和正午的炎阳，一起照耀着北周辽阔的大地。

和在位六十年退居太上皇之位的乾隆一样，宇文赟实际权力比真正的皇帝大得多。做了太上皇以后，他自比天帝，自称由"朕"改为"天"，住处被命名为"天台"，改"制"为"天制"，"敕"为"天敕"，就连打人用的杖也称为"天杖"。大臣去天台朝拜他，必须吃斋三天，净身一日。

他打破了一位皇帝只能立一位皇后的旧制，先后册立了五位皇后。在他的五位皇后中，数随国公杨坚的长女杨丽华性情温和，彬彬有礼，具备大家风范。即便如此，太上皇仍逼她自杀。多亏杨坚的妻子独孤氏进宫求情，头叩得鲜血直流，才保住女儿性命。

这位纵欲过度的太上皇，于公元580年春末染上风寒一命呜呼，终年二十二岁。

年轻的太上皇病危时，紧急召见最宠信的小人刘昉和颜之仪托付后事。两人来到病榻前，太上皇已经不能讲话。此时，小皇帝宇文阐年方八岁，根本无法依靠，为了替自己打算，刘昉与另一位小人郑译密谋起草了一个假诏书，让杨坚以皇太后父亲的身份总揽朝政。

接到假诏书，杨坚立即"应诏"控制了京师卫戍部队，手握兵权的宇文家族成员被一一杀掉。不久，小皇帝无奈地将皇位禅让给了杨坚，隋朝从此建立，那一年是隋朝开皇元年，即公元581年。

被杨坚降封为介国公的小皇帝三个月后从人间神秘蒸发。从此，宇文鲜卑从皇帝名册上彻底消失。

十一　土族的来历

一千七百多年前，在东北的白山黑水之间，有两个鲜卑慕容兄弟部落。近来，哥哥吐谷浑一直不高兴，因为父亲让嫡出的弟弟继承了单于之位。可这又有什么办法呢？谁让自己的母亲不是父亲的正妻呢。

一天，吐谷浑与弟弟部落的马群在草场上马斗，兄弟二人为此发生了争执。一气之下，"受气包"吐谷浑率部出走。他们从今辽宁义县一路向西,来到河套平原。二十年后,由于受到拓跋鲜卑的压力,吐谷浑不顾年老体衰,再次率部西迁,从阴山向西南,逾陇山,渡洮河,最终来到今甘肃临夏西北的羌人居住区。他们用先进的文化和铿锵的铁蹄征服当地的羌人,组成了鲜卑、羌人联合政权,都城设在青海伏俟城,意思是王者之城。公元317年,吐谷浑大人在完成了民族迁徙的历史使命后溘然长逝,终年七十二岁。为了永远记住国父,吐谷浑的孙子用祖父的名字作了王族姓氏,立国号为吐谷浑。

吐谷浑国之所以能够长期逍遥,一方面因为地处偏僻,另一方面则是中原内乱。但是当隋统一中国后,吐谷浑就没有那么幸运了。公元609年,隋炀帝亲率远征军,将他们赶出了世代居住的牧地,伏允可汗亡命他乡,儿子伏顺被扣作人质,"西海郡"也被改名鄯州。

后来,隋朝爆发内乱,吐谷浑人趁机返回故乡,重建了记忆中的吐谷浑国。经过上一次的挫折,他们变得明智起来,协助唐高祖李渊击败了甘肃叛乱者李轨。作为对吐谷浑的报答,李渊送还了被隋炀帝扣作人质的伏顺,双方关系进入了蜜月期。

蜜月终有结束的一天。公元634年,吐谷浑一伙使臣在从长安朝贡归国途中,顺手牵羊掠夺了大唐边民的财物。抢劫对于吐谷浑这个马背上的民族本是司空见惯的事情,但消息添油加醋地传到长安,唐太宗李世民被激怒了，如同公牛看到红色斗牛布一般。李世民传下圣旨，要求伏允可汗亲临长安道歉。

"对不起，我体弱多病去不了长安。"伏允回信说。

宽容是一件奢侈品，并非人人都可以买到它。自感有失颜面的李世民愤怒地取消了唐公主与伏允之子的婚约。李世民的悔婚使伏允恼羞成怒，他竟然主动挑起战火，屡犯唐边。

第二年，李世民兴师西征。李靖率部从北道切断吐谷浑的退路，侯君集和李道宗率部从南道追截南逃的吐谷浑。两路唐军"人吃冰、马啖（dàn）雪"，长途追击数千里，跟踪追击至今新疆且末西，使上天无路，入地无门的伏允可汗绝望自杀。边塞诗人王昌龄豪情满怀地吟咏道："大漠风尘日色昏，红旗半卷出辕门。前军夜战洮河北，已报生擒吐谷浑。"

吐谷浑被划入了唐朝版图后，成为唐与吐蕃之间的缓冲地带。后来，因为受不了吐蕃的蚕食鲸吞，吐谷浑人被迫迁往灵州、朔方，与羌、藏、蒙古、汉杂居，最终衍生出一个新的民族共同体——土族。

十二　万里长征

查遍鲜卑的后人，如今仍然叫鲜卑的恐怕只有锡伯。锡伯的汉语译音有犀毗、鲜卑、矢比，锡伯人也自认是古鲜卑人后裔。

五胡十六国时期，大量的鲜卑部落内迁中原，只有一个固执的拓跋鲜卑部落滞留在嫩江、松花江流域，以狩猎和捕鱼为生，他们就是今日的锡伯族。

这个自甘寂寞的部落，在十几个世纪后才重见史册。大清在平定准噶尔叛乱、收回天山南北之后，设立了伊犁将军，实行军府制，大规模实施"移民实边屯垦"战略。作为实边战略的一部分，乾隆于1764年征调锡伯人编为锡伯营，到新疆伊犁河南岸驻防。官方郑重承诺，六十年服役期满就可以返回故乡。

他们只有服从。一千零二十名锡伯族官兵连同家属共四千余人，忍痛离开了魂牵梦绕的故土，含泪告别了永生不能再见的亲朋，带上最简单的行装，从辽阳、开原、义州会聚到沈阳，在四月十八日悲壮地告祭了家庙太平寺，踏上了西去的漫漫历程。前面等待他们的不只是高山、大川、烈日和雨雪，还有意想不到的饥渴、疲劳、瘟疫甚至死亡。这支庞大的队伍出彰武台边门，经今蒙古的克鲁伦路，过杭爱山、乌里雅苏台、科布多和新疆的阿勒泰、塔城、巴尔鲁克、博尔塔拉、塔尔奇，行程万余里，历时十五个月，终于比原计划提前一年到达目的地伊犁，完成了锡伯族历史上可歌可泣的壮举。

在今伊犁河南岸，仍可以看到锡伯人西迁后的第 18 年，由锡伯营总管图伯特主持兴建的喇嘛苏木——汉名靖远寺，据说修建靖远寺的意图是祝愿六十年期满后能回到原籍去，但正如每一次移民一样，他们的愿望随着第一代移民的死去和岁月的流逝日渐淡化，这种遗憾一直延续到今天。

如今十八万锡伯族人的分布在少数民族中极其罕见，一部分居于伊犁河畔的新疆察布查尔（锡伯语的意思是粮仓）锡伯自治县，这是新生代；一部分居于东北的白山黑水间，那是老住户。锡伯族两大聚居区之间的每一次交往，都不亚于一次万里长征。如果双方男女通婚，将是名副其实的千里姻缘。

第四章 羌(qiāng)——西部牧羊人

美,从羊,从大羊。

——东汉许慎《说文解字》

与匈奴、鲜卑一起内迁的所谓"五胡",还有一个吹着羌笛、赶着羊群的游牧民族。现在,我就引领读者走向西部高原,细细解读羌——这个牧羊人的前世今生。

一　牧羊人是汉人的祖先吗

当我提出这个令人震惊的问题时，也许每一个汉族读者都想抽我的嘴巴。但职业敏感告诉我，我还没有发烧到胡说八道的地步。

据中国史学家范文澜推测，炎黄二帝都出自远古的羌族。炎帝首先从西戎游牧区进入中原，黄帝随后从黄土高原进入黄河流域。直到如今，许多汉字仍带有羌人的游牧血统胎记。如汉字以羊为"美"，以羊为"善"，以羊为"祥"，以羊为"羲"；以被迫献羊为"羞"，以担心丢羊为"恙"，以羊被虫蛀为"痒"。有人据此设问，如果汉人的祖先是农民，那"美"字就不是"大羊"而可能是"大米"了。

接下来，让我们穿越元明的古道西风、唐宋的江枫渔火、秦汉的雄关冷月，一步步走进如梦的远古。大禹成为部落联盟首领后，把舜（shùn）的小儿子封到西戎担任羌人酋长，这也就是五胡十六国时期的姚苌（cháng）之所以姓姚的原因。在周武王伐纣（zhòu）战争中，羌人作为"八国联军"之一，直接参与并见证了纣王的自焚和妲（dá）己的被杀。之后，他们与北来的狄人、东来的夷人融合，发展成为西部最强大的部族——犬戎。

犬戎，就是中国版"狼来了"故事的一个主角。

二　狼来了

故事中的"放羊娃"名叫姬宫涅（shēng），是西周的最后一任天子——周幽王。公元前780年，他娶了一位玫瑰般艳丽的女人褒姒（bāo sì）。我之所以把美女比作玫瑰，是因为美丽的玫瑰花一定长着锋利的刺，这也许就是许多人对玫瑰和美女敬而远之的一大原因。对于这朵远古的"玫瑰"，《东周列国志》描述说："目秀眉清，唇红齿白，发绾（wǎn）乌云，指排削玉，有如花如月之容，倾国倾城之貌。"

这朵"玫瑰"尽管漂亮得令人震颤，但就是从来不笑。周王用尽了所有的手段，包括跳舞、唱歌、打猎，立她为王后，立她的儿子伯服为太子，让她听彩帛（bó）撕裂的声音，共撕了一百匹帛，仍难博得美人一笑。无奈之下，周王发出诏书："悬赏千金，博她一笑。"

奸臣虢（guó）石父献上一计——燃放报警烽火，让诸侯前来救驾，看王后是否能笑？

按照预定的计划，周王举行了盛大的晚宴。酒足饭饱之后，他突然下令点燃烽火。烽火台，作为古代最重要的军事联络方式，从首都做放射状通往边疆和各个封国，每隔十至十五公里建筑一个高高的碉堡，碉堡里常年储存着木屑和狼粪。哪里有难，夜间燃起木屑——烽火，白天点起狼粪——狼烟，各个封国就会发兵增援。

尽管许多大臣对这一莫名其妙的举动强烈反对，但周王一意孤行。立时，一股股烽火腾空而起，使巨大的天幕变得更加阴森恐怖，将国都附近封国的国君们从梦中惊醒，而周王和他的美人则携手进入了甜蜜的梦乡，以便清晨有好的心情观看那壮观的一幕。

黎明时分，一轮红日从地平线上喷薄而出，身披重甲、汗出如浆、衔枚疾进的勤王之师，从四面八方汇聚到今西安附近的镐（hào）京。可是，哪里有敌人的踪影，哪里有厮杀的喊声？城头上的周王发话了："这里没有敌人，我只是想用烽火解闷罢了。"

封国军队只得自认倒霉，骂骂咧咧地撤退了。直到这时，一向阴沉着脸的美人才嫣然一笑，献计的奸臣也得到了千金的封赏，成语"千金买笑"即由此来。

公元前771年，为了给褒姒的儿子继承王位扫清障碍，周幽王下令让申侯把先前废掉的太子杀掉。申侯不肯杀掉自己的外孙，便回信规劝周王不要宠信褒姒，以免重蹈妲己乱国的覆辙。周幽王见信暴跳如雷，立即撤销了申国的封国地位，并且下诏向申国兴师问罪。

面对日益临近的死神，势单力孤的申国向犬戎部落联盟紧急求援。申侯向犬戎部落酋长保证，自己只是为外孙夺取王位，至于攻下镐京后的财产和女人，悉听尊便。

那可是个黄金满堂、美女如云的地方，于是一万五千人的犬戎兵团向镐京发动了闪电般的攻击。

"狼真的来了！"等到一个个眼睛冒着绿光的犬戎士兵进逼镐京，周幽王才令士兵点起烽火，再次发出了"狼来了"的呼喊。但是与正版"狼来了"的故事惊人一致的是，周围的封国以为周王又在搞恶作剧，竟然没有一支军队前来勤王。

依照周幽王的命令，出过馊点子的虢石父率兵车二百乘带头突围，以吸引敌人的注意力，他刚刚出城就被犬戎先锋孛丁一刀斩于车下。趁着混乱，周王带上褒姒和太子伯服，在御林军护卫下狼狈逃往骊山，也就是两千七百年后蒋介石被捉的地方。犬戎拍马赶到，周幽王与太子被砍作两段，比原版"狼来了"故事的结尾还要惨烈。

得胜后的犬戎将都城劫掠一空，象征华夏最高文明的镐京也随之灰飞烟灭。

镐京辉煌不再，西周残阳西落。周朝被迫将都城从镐京东迁到成周（今河南洛阳），混乱的东周列国时代拉开帷幕。

诸侯们能容忍戎人及其后裔羌人肆意横行吗？从公元前9世纪开始，八百里秦川哺育的秦国与之展开了旷日持久的战争。

三　无弋爰剑

传说公元前五世纪七十年代，一位名叫爰剑的羌人首领被秦国俘虏，做了秦厉公的奴隶。后来，他设法逃出了魔掌。半路上，他遇到了一位少女。在追兵蜂拥而至时，少女把他藏进了一个山洞。就像羌族史诗中吟唱的那样，凶残的秦兵在洞口放火，结果一只老虎冲了出来，秦人狼狈逃窜。大难不死的爰剑出洞后，与这位少女相依为命并结为夫妻，后来一起逃回湟水、洮河、黄河交界处。回归后，他再次被推举为首领。由于他做过奴隶，而羌人一般称奴隶为无弋（yì），所以他有了一个类似武林高手的名字——"无弋爰剑"。

这本来是个十分浪漫的爱情故事，唯一遗憾的是这位少女受过劓（yì，割掉鼻子）刑。这位羌族的祖母对此一直耿耿于怀，总是把长发盖在脸上遮丑。子孙们为了尊敬她，也像她一样长发覆面，渐渐演化成羌族的一大风俗。

在三河地区，无弋爱剑将秦人的农耕方法介绍给了自己的部落，使羌人在游牧的同时学会了农耕。从此，填饱了肚子的羌人有了娶妻生子的本钱。

看到无弋爱剑的所作所为，你也许会对我把他称为英雄不以为然。但对于根本没有生存空间的羌人来说，还有什么比逃出魔掌、繁衍后代和填饱肚子更为重要的事情呢？从这个意义上说，无弋爱剑在羌族历史进程中的地位，丝毫不亚于华夏民族的伏羲、神农和大禹。

爱剑的曾孙忍和舞妻妾成群，忍生了九个儿子，舞生了十七个儿子，忍的叔叔卬（áng）也子孙满堂，羌人因而支系众多、部落林立。

恰逢"战国七雄"之一的秦献公出兵征讨羌人，忍主张坚决对抗，卬则主张以和为贵，两人分道扬镳。忍率领部下向南转而向西，翻越海拔六千二百八十二米的阿尼玛卿雪山，在富饶美丽的河湟一带开辟了新的天地，形成了河湟羌与研种羌；卬则辗转南下来到四川老少边贫地区，他们的故事我将在西南夷一章做详细叙述。

后来，羌人以今青海为中心，在黄河、赐支河、湟河、雅鲁藏布江流域来回游荡，部落达到一百五十多个。

四　忘恩负义

公元 76 年春，一个小官吏走在凉州的田野上。春心荡漾的他看上了一个良家妇女，于是公然调戏。妇女的丈夫愤怒之下，将官吏一刀杀死。安夷长闻讯，带着衙役去村里抓捕凶手，结果反而受到村民们的围攻，安夷长及一干衙役们遇害。

表面看来，这起"官逼民反"的事件，历朝历代屡见不鲜，可谓见怪不怪。但这一事件的特殊性在于，村民是羌人，官吏是汉人。就这样，一场由色狼引发的血案，迅速演变成周边羌人的叛乱，打到第二年，官兵战死两千余人，连金城郡太守也阵亡了。从此，西北羌人全部参与了叛乱，直到百年后的东汉末年才宣告平息。

所谓的平息，不过是暂时的休整罢了。因为许多羌人部落，已经被汉朝从西部高原强行驱赶到关内。这场沿汉朝西部边境所有地点进入内地的大规模人口移动，导致关中人口比例发生了惊人的变化，羌族人口几乎占到了总人口的一半。"晋失其鹿，天下逐之。"人多势众的羌人能没有一点想法吗？

一天，一支从西部高原射来的响箭射穿了汉晋，也射穿了中原的宫墙。张弓搭箭的是烧当羌部落首领姚苌。算起来，他是羌人的第一位皇帝。

想当年，前秦大将苻黄眉俘虏了姚苌，准备将他斩首。幸亏另一位大将苻坚从旁解劝，留下了姚苌一条性命，并以公侯之礼下葬了姚苌的父亲。苻坚对于姚苌可谓义薄云天。

淝水之战中，姚苌已经被提拔为前秦皇帝苻坚的副帅。

淝水之战的惨败，导致北方重新分裂，姚苌也回到了渭北的老巢，拥兵割据，在公元384年自称大将军、大单于、万年秦王。

公元385年，苻坚从长安逃到五将山，进入了姚苌的地盘。按说，这是姚苌报答昔日恩情的绝佳机会，然而他却把苻坚扣为人质，因为他迫切需要使自己的"万年秦王"称号名正言顺起来。他派人向苻坚索要传国玉玺，结果受到苻坚的一顿臭骂；此后，他又要求苻坚把帝位禅让给他，又被苻坚严词拒绝。一怒之下，姚苌将昔日的恩人吊死在一座寺庙里。

第二年，姚苌占据长安称帝，将国家命名为"大秦"，俨然以苻坚的接班人自居，但他与前秦皇帝没有丝毫血统关系，因此史称"后秦"。

或许是惧怕自己的行为会受到良心谴责的缘故使然，每逢作战，姚苌都在营帐里竖起"苻坚大帝神主"木像，亲自祷告要求宽恕和保佑。晚年的他，更是常常梦见苻坚向他索命，吓得他半夜三更满宫殿乱窜，结果被宫廷卫士当成妖怪挺矛刺中阴部，伤口感染化脓，阴囊肿胀得形同西瓜。

临死前，他跪在床上不停地向半空叩首："是当年苻黄眉所杀的兄长姚襄谕示我杀陛下报仇，陛下被吊死非我之罪，愿陛下饶我一命。"

五　好人的悲哀

与父亲截然不同，姚苌之子姚兴是史上鲜有的仁德帝王之一。

姚兴继位之后，灭掉了前秦残余，取得了西燕的河东，攻占了东晋的洛阳，臣服了西秦，攻灭了后凉。他提倡儒学，大兴佛教，招贤纳士，劝课农桑。吃苦在前，享受在后。对己不事铺张，宴席无山珍海味，车马无金玉之饰，后宫无纨绣之服。他与邻为善，为了表达和平诚意，一次割让十二郡给东晋，使民众享受到了久违的安宁。

但处理与归附者的关系是一门很深的学问："当你晓以大义的时候，别忘了施以小惠；当你给见面礼的时候，别忘了给下马威。"但姚兴显然不屑此道。南凉的秃发、北凉的沮渠蒙逊、大夏的赫连勃勃、西秦的乞伏乾归，都是因为姚兴的宽容捡得一命，后来反目成仇，从他的手下变出了四个国家。

姚兴在公元416年病死，又一位好人——太子姚泓即位。

好人生活在这个时代是悲哀的，因为这是一个只有杀人魔王和江湖浪子才能自由飞翔的时代。姚泓身上的孝服还未脱下来，他的兄弟就开始欺他柔弱，鹬蚌相争，自相残杀。北面的赫连勃勃刚刚劫掠数郡满载而归，东面的东晋权臣刘裕已经破关而入。

乌云蔽日，山雨欲来。东晋大军从建康出发，兵分五路，如五把利剑直指后秦，公元416年秋攻陷洛阳，第二年三月又攻克潼关。

沧海横流方显出英雄本色。后秦大将军姚绍挺身而出，横刀将晋军挡住。两军在潼关以西形成相持，战争的发展态势变得含混不清。

东晋一位大将也站了出来，他叫王镇恶，是前秦宰相王猛的孙子，他的出现似乎是为前秦复仇的。他向刘裕建议率水军绕过潼关，自黄河入渭水直捣长安。此计的可怕之处在于避实就虚直捣命门。以后类似战例很多，大辽国就是绕过杨延昭坚守的遂城，顺利夺取了疏于防范的瀛州。明朝的朱棣也是绕过久攻不下的德州直捣兵力空虚的南京，意外取得了"靖难之役"的胜利。

听完部下的建议，刘裕答复："试试吧！"

一个偷天换日的计划开始实施。一天，后秦军人远远望见河上漂来无数艨艟小舰，只见船行不见人动，都以为大白天遇到了鬼，并无一人前去探个究竟。其实，那是东晋士兵藏在船内隐蔽划桨。

"神兵天降"到长安以北的渭桥，弃舟登岸，任小船顺水冲走。自立于绝境的晋军以一当十，向措手不及的后秦军队发起冲锋。后秦军队一泻如水。姚泓率兵来救时也不战而溃，单骑逃回宫中。

前线传来姚绍病逝的消息，后秦的最后希望宣告破灭。公元417年，姚泓率群臣宗室步行到城门的东晋大营投降。除皇帝外的其他人被就地处决，喷涌的鲜血将刘裕的营盘染成了殷红色，天空中弥漫起一股难以名状的气味。当刘裕望着自己的士兵砍瓜切菜一般处斩后秦宗室时，他是否忆起姚兴昔日不使他动一兵一刀就收回十二郡的旧情？

历史是灰色的，战争本来就无义可言。

皇帝姚泓被用囚车押送到遥远的建康，择日处斩在人声鼎沸的闹市里，死时年仅三十岁。原来，刘裕之所以让他多活几天，是为了向首都的臣民炫耀他的丰功伟绩，以便为自己取代皇帝制造舆论。

就这样，三十四岁的后秦黯然退场。

六　党项羌

到了宋代，一个闻所未闻的名字——党项羌，高频率地出现在史册中。他们是吐谷浑属部宕昌与当地羌人融合而成的一个部落。

唐代，党项首领拓跋思恭帮助唐平定了黄巢起义，因功被封为夏州节度使、夏国公，赐姓李。一天，东方传来宋朝建立的消息。党项首领李继捧以为找到了一棵大树，便于公元982年率部投奔了宋朝。宋太宗赵匡义大喜过望，出兵接收了党项人占据的五州，然后加封李继捧为彰德军节度使，赐姓赵，允许他们迁居东京。

但党项人已经习惯了用马蹄敲打那广阔的牧场，用琴声向草原倾诉衷肠。因此，李继捧的内附引发了贵族集团的裂变。

第一个说"不"的，是李继捧的弟弟李继迁。在哥哥降宋的历史关头，李继迁逃到夏州东北一百五十公里的地斤泽——今内蒙古鄂尔多斯市鄂托克旗东北，纠集起一支两万人的武装，宣布抗宋自立。

李继迁娶南山野利氏女子为妻，使南山部族成为自己忠实的追随者。后来，他又娶辽国公主为妻，被辽国封为夏国公，与契丹形成了掎角之势。随后，李继迁巧施诈降计，击败了投降宋朝的长兄、夏州刺史赵继捧，攻占了银、绥二州。

在战争中吃了大亏的宋朝被迫采取软化政策，一厢情愿地授予李继迁银州观察使的封号，赐名赵宝吉。同时，宋朝还禁止在边界地区出售优质党项盐，试图卡断李继迁的财源，逼迫他们归降。

尽管不是赌徒，但李继迁明白，天下赌之大成者无非两条——输时要忍，赢时要狠。在人为设置的障碍面前，他只有两条路可走，一是窝窝囊囊地投降，二是轰轰烈烈地奋起。宋朝边拉边打的拙劣手段，反而激发了他的雄心。党项军队逐渐发展到五万人，他们于公元1002年攻陷了灵州（今宁夏灵武），将其作为首都并改名西平府。宋真宗只得承认既成事实，将李继捧献上的五州归还了李继迁。

人得意的时候最容易丧失警惕。公元1004年，吐蕃六谷部首领潘罗支前来投降，大喜过望的李继迁亲自带领少数随从前去迎降，结果被诈降的潘罗支用暗箭射死。

临终前，他根据宋辽已经缔结"澶渊之盟"的形势，给儿子李德明留下了"上表附宋"的著名政治遗嘱："一表不听，则再表，不得请，不止也！"

在低沉的气氛中，李德明接过了接力棒。他一方面向辽报丧，被辽封为平西王，另一方面按照父亲的嘱咐向宋进表降附，与宋签订了"景德和约"，被宋封为西平王。再无后顾之忧的李德明派儿子元昊攻占了河西走廊，在今宁夏银川另建了新都，取名兴州。他还仿照宋制，立元昊为太子，一个崭新的帝国呼之欲出。

黄叶的意义在于哺育春天。李德明没有急于称帝，他把这一光宗耀祖的机遇留给了儿子。这是一个政治领袖的英明之处，他的政治远见在中国历史上应该留下重重的一笔。

七　金戈铁马

冥冥中似乎有一双命运之手有意拨快了历史的时钟，给李元昊腾出了一方一展雄姿的舞台。公元1031年，正值壮年的李德明病逝了，战功卓著的太子李元昊子承父业。

李德明下了蛋，李元昊把蛋孵了出来。

让我们浏览一下李元昊的精神路标：即位伊始，这位通晓汉蕃佛典、法律，精于军事谋略的少年，便举起改革大旗，发布了秃发令，推行剃去头顶的毛发，将刘海从前额垂到腮边的传统发式；废除了唐宋赐予的李姓和赵姓，改用党项姓"嵬（wéi）名"；抛弃了宋朝西平王和辽国平西王封号，用党项语称"吾祖"；废除了宋朝年号纪年，自立年号为显道；创制了西夏文——蕃书，要求夏国文书一律采用新文字；改革了官制，使中原官职与党项官职并存；订立了兵制，设立了擒生军、侍卫军和地方驻军。公元1033年，他扩建了宫城殿宇，将兴州升为兴庆府。一切都昭示着一个结论：元昊是最具天才、最富想象力的党项领袖。无论是在他生前或死后，党项人的头脑中和西夏的政体中都深深地打上了他的烙印。

之后，他南征东战，辖境"东尽黄河，西界玉门，南接萧关，北控大漠"，国内设有十七州。

公元 1038 年农历十月十一，羌历年清晨，正值而立之年的元昊身穿白色帝袍，在阳光沐浴下走上帝座，宣布成立大夏，史称西夏，定都兴庆府，成为与宋、辽、金并列的主权国家。

元昊派遣特使前往宋朝通报建国的消息，请求宋承认自己为友好而独立的邻邦。宋仁宗无法接受原来称臣的党项与自己并驾齐驱，下诏削去元昊的赐姓和官爵，关闭边市，贴出告示悬赏擒拿元昊。为此，元昊撕毁了与宋的和约，滚滚狼烟立刻笼罩了宋的西部边陲。

公元 1040 年初，元昊进攻延州，宋将范雍一败再败，驰援的将军只求自保、互不接应，导致延州失守。战后，延州地方将领竟无一人出来承担责任，朝野一片哗然。

在众声喧嚣中，宋仁宗任命韩琦、范仲淹为陕西经略使与副使，抵抗西夏达四年之久。在弥漫着烽烟的城墙上，我仿佛看见一个戎装文人迎风而立，风把他的盔缨和胡须拨起来在空中飘舞，也把他那首著名的《渔家傲》送进了我的耳际：

塞下秋来风景异，衡阳雁去无留意。四面边声连角起，千嶂里，长烟落日孤城闭。　浊酒一杯家万里，燕然未勒归无计。羌管悠悠霜满地，人不寐，将军白发征夫泪。

西夏虽然稍占上风，但是人困马乏，后援不济，加上宋朝停止了岁币供应，封闭了边关，西夏民众无法得到茶与布，因此西夏民间传出了"十不如"的反战歌谣，元昊被迫于公元1044年提出停战。双方议定，夏取消帝号，由宋册封为夏国王，夏对宋仍在名义上称臣，宋每年赐给夏绢十五万匹，银七万两，茶三万斤。和议使西夏获得了宋朝的承认并坐享岁币，范仲淹也得以回到朝廷当了几年副宰相而后被贬为邓州知州。在那里，范仲淹凭借少年时代的记忆和好友滕子京寄来的《洞庭晚秋图》，写下了传诵千古的《岳阳楼记》。

人生中最难以忍受的，不是连续的坏天气，而是持续晴空万里的日子。战争会给人民带来苦难，但没有战争也会使英雄沉沦。从此，铁血男儿心海里翻腾的不再是"金戈铁马，气吞万里如虎"，而代之以"纤云弄巧，飞星传恨，银河迢迢暗渡"。元昊先是中了宋的反间计，错杀了野利皇后的两位叔叔野利旺荣和野利遇乞。后来为表达悔意，将皇后的姊姊没藏氏迎入宫中。谁知，两人一见钟情，很快就如胶似漆起来。醋意大发的野利皇后背着元昊将没藏氏送入戒坛寺削发为尼。公元1047年，不甘寂寞的元昊不仅继续与没藏氏暗度陈仓，而且宣布废掉野利后，将太子宁令哥的新娘没移氏据为己有立为皇后。接着，他在天都山建造了一座壮丽的宫殿，供他与新皇后尽情浪漫。

温柔乡是英雄冢。公元1048年正月十五日,一个"月上柳梢头,人约黄昏后"的元宵之夜,被父亲夺走妻子的宁令哥与同伙入宫行刺,酩酊大醉的元昊被割掉了鼻子。第二天,因流血过多,这位年仅四十六岁的一代枭雄离开了人间。其结局,一如苏妲己之于殷纣王、褒姒之于周幽王、西施之于夫差、郑袖之于楚怀王、杨玉环之于李隆基。

八　血腥的噩梦

刺客并未赢得预想的成功。参与刺杀的太子宁令哥和背后主使野利后被手握兵权的没藏氏族长讹庞杀死,元昊与没藏氏私生的谅祚被立为帝。从此,西夏一路下滑。

西夏的危机并非来自什么内讧,而是愚蠢透顶的外交政策。让我们展开当时的政治地图:柔弱的宋朝已经被金国赶到了温和多雨的南方,中原北部和西部并排站立着已经雄风不再的金国和西夏,而在金国和西夏北部的广阔草原上,纵横驰骋着被誉为东方雄鹰的蒙古铁骑。假如金国和西夏联合起来尚且能够苟延残喘,否则将时刻面临着被虎视眈眈的蒙古人各个击破的悲惨境地。

夏桓宗当政时，竟然背弃盟友金国，一头扑进了铁木真的怀抱。公元 1205 年，铁木真以追击克烈部残匪的名义进入西夏，使西夏蒙受了建国以来最大的劫难。不久，蒙古传来了铁木真在斡难河畔建国并自称成吉思汗的消息。心惊肉跳的夏桓宗连续派遣使者前往金国，希望重续中断已久的联合战线。不幸的是，金国执政的是顽固不化、愚蠢透顶的卫绍王，他不仅断然拒绝了西夏的要求，而且用幸灾乐祸的口吻说："敌人相攻，中国之福，何患焉？"

西夏只能重新依附成吉思汗。在三次攻金战役中，充当蒙古炮灰的西夏军队遭受了重大伤亡。党项人对附蒙抗金的政策开始不满，成吉思汗又下达了灭夏的指令。眼看大势已去，夏神宗沉浸在后悔中不能自拔，于 1223 年传位给次子献宗德旺，自称"上皇"退居幕后。

送你一枝玫瑰，原来是要刺你。侥幸当上皇帝的献宗不得不改变父亲几十年的国策，派遣使者与漠北诸部联络，企图结为外援牵制蒙古。他还派出使者前往金朝议和，提议在危难时刻互相援助。但此时的金国已经兵虚财尽，处于亡国前夜，哪还有能力援助西夏呢？

得到西夏四处求援的消息，蒙古立即组织大军扑向西夏。公元 1224 年，蒙古骑兵从东路攻入银州，西夏军万人战死。两年后，成吉思汗率大军攻入河西，六十四岁的太上皇神宗和四十六岁的献宗都被吓死，帝位留给了献宗的侄子嵬名睍（xiàn）。

攻下河西之后，成吉思汗于11月挥军直捣西夏陪都——灵州。西夏紧急征调十万党项大军，由嵬名令公率领前往增援。

黄河，一直被西夏视为伟大而亲切的母亲河。他们多么希望这时的黄河能够波涛汹涌，替他们挡住如狼似虎的蒙古人。然而，母亲河的乳汁已经在寒冷的冬天渐渐枯竭，有限的水流也已经冰封如铁，根本不再是灵州的天然屏障。成吉思汗踏过封冻的黄河，与前来增援的党项军队在冰天雪地里展开了生死肉搏。

就像人们通常意义上所指的压轴戏，其实是谢幕之前的倒数第二场一样，蒙古和西夏联手为世界奉献了一场没有观众的精彩战役。战役的惨烈程度在蒙古军队作战史上也属罕见，党项军队与蒙古军队的死伤人数达到了十比一，大败的西夏军人尸体堆积如山，西夏主力在这次决战中损失殆尽，灵州陷落。

西夏的大幕在徐徐下落。

中兴府被蒙古军队围困六个月后，粮尽援绝又遭遇地震，只得于公元1227年六月向蒙古人协议投降，请求蒙古宽限一个月献城。7月，成吉思汗病逝在六盘山，但消息被严密封锁。几天后，当西夏君臣根据投降协议打开城门时，蒙古人突然宣布了成吉思汗的死讯。未等党项人反悔，他们就杀死了国王嵬名睍，迅速占领了中兴府。

在蒙古军队的强力攻击下，曾经辉煌的西夏王朝，传十帝，立国一百九十四年，实际存在了三百四十七年的政权消失了。西夏来如雷霆收震怒，罢如江海凝清光，如一支戛然而止的雄浑乐曲，又像一个血腥而又浪漫的噩梦。

元朝建立后，蒙古人在西夏故地设立了宁夏路，宁夏的字面含义就是"扫平西夏，永保安宁"。

六盘山高，贺兰山远，当西夏对元、明后世不再成为威胁，朝廷也就不再为它多费心思。于是，战火远去，刀枪入库。九曲黄河方能拍打出田园似锦的银川平原，滋养出姹紫嫣红的婀娜水乡。今天，我们看到塞上的江南水色，涟漪中仍荡漾着一个王朝的千年白发。

九　余脉尚存

党项人没有被赶尽杀绝。

在战争中投降蒙古的党项人，被元朝称为"唐兀"，列为二等人——色目人。察罕等贵族融入了蒙古，一般党项平民则融入了汉族。

在蒙古铁骑蹂躏西夏时，一支党项人向南方冒险长征。他们渡过洮河，跨越松潘草原，沿金川河谷南下，经丹巴、乾宁，到达今四川甘孜藏族自治州的木雅，建立了一个名叫西吴（夏）的袖珍政权。

公元1251年，忽必烈远征大理。他没有走内地大道，而是选择山高路远的川西高原行进。唯一合理的解释是，这一路是西夏遗民的逃亡路线，他的目的在于一箭双雕：既要一统天下，又要实现成吉思汗灭绝西夏人的遗愿。此前，他与西藏宗教领袖八思巴在六盘山会面，达成了联合阻止西夏遗民进入西藏的默契。

显然，他低估了川西、川南对逃亡者有利的复杂地形，也高估了自己与藏人的默契度。就在他南征大理的同时，木雅地区部分党项人逃亡后藏，他们就是今西藏夏尔巴人。也许是惊魂未定，也许是高原缺氧，逃到后藏的部分党项人再次南迁，翻越喜马拉雅山的囊巴拉山口，到达今尼泊尔境内的索卢昆布，形成了人口近十万的谢尔巴族。

另外，在川藏之间，生活着三十万羌人后裔——红军长征路过的四川阿坝藏族羌族自治州的羌族。这支羌人属于古老的冉駹部落。隋唐时期，他们处于汉族与吐蕃之间，靠近吐蕃的被藏族融合，靠近汉族的被汉族融合，只有生活在山谷间的小部分人顽强地保留着羌人的民族习性和民族名称。如今他们自称"尔玛"，意思是本地人。

公元2008年五月十二日，那场里氏8.0级的汶川地震，就发生在羌人聚居区。在众志成城的全国人民援助下，他们已经坚强地从地震废墟中站了起来。

第五章　氐(dī)——兵败淝水的历史童话

文明是一种运动，不是状态，是航海，而不是港口。

——英国史学家　阿诺德·托因比

有人说，羌氏是不分的。如果我硬要将羌氏分开，并专章叙述氏人的故事，将会出现什么后果呢？请读者拭目以待。

一 "白马非马"

小时候听说古代有个公孙龙，他有句名言叫"白马非马"。小伙伴们纷纷嘲笑他，并且把公孙龙作为"傻瓜"的代名词。长大后，哲学教科书使我顿悟：真正的傻瓜原来是我们，因为"白马非马"并非一句傻话，而是一个"一般"与"个别"的逻辑学概念。

不管怎么说，个别的白马还是一般马的一种。因此，当史书上出现"氐羌，氐地羌"时，我又被搞糊涂了。

对于这句古话，可能的解释是，古代羌人的名气太大、部落太多了，因此中原史学家把西部的游牧部落做了简单化、概括化的处理，都冠以了"西羌"的称号，就如同把北方少数民族统称为"北狄"，把东方少数民族统称为"东夷"，把南方少数民族统称为"南蛮"一样。

其实，只要冷静下来分析，便会发现两者的差异。首先，"氐羌"经常作为一个词组出现在史册里，说明这是两个有着相近习性、相同语言、相邻地域的兄弟部族;"氐地羌"则是指分布在秦陇巴蜀之间低洼地带的一个单独部族。将这两组词连起来分析就是,"白马非马","氐羌"非"羌",氐人乃是一个生活在高山之间的低洼地带,从事半牧半耕的原始部族,他们与一直游荡在高原上的纯游牧部族羌人有着细微但明显的区别。由于氐与羌时而联合,时而分离,经常通婚,地域相近,这才导致那些大门不出二门不迈的中原史学家把他们混为一谈了。

我是一个较真的人,习惯于打破砂锅问到底,因此下决心对氐人进行专章叙述。

二 揭竿而起

一般认为,造成一个人、一个部落、一个民族迁徙的主因是战争、气候、瘟疫等客观因素。但我以为,造成人类迁徙的主要因素还是内因,也就是人类那不甘寂寞、喜新厌旧的天性。不信请做个试验,如果让一个人一生就住在一个地方,他(或她)能接受得了吗?如果硬要其接受的话,那个地方只有监狱。穷尽上下五千年,你不可能找到一个固守洞穴和山林的族群。再向上追溯,就是我们的祖先"夏娃"了。据说,这个人类的祖母来自如今住满黑人的非洲。"短短"几万年,她的子孙后代已经遍布全球。从这个意义上说,每个民族都经历过无数次的迁徙,氐族当然也不例外,只是他们的迁徙纯属被动。

史书上能查到的氐人的首次迁徙,发生在公元前111年。当时,试图一统天下的汉武帝发兵镇压了西南边境的氐王。许多略阳(今甘肃秦安)氐人民不堪命,便去国离家,远的辗转流浪到海角天涯,近的颠沛流离到河西、关中。第二次内迁发生在东汉末年,今甘肃南部地区的四个氐王处在曹操、刘备两大军事集团之间,他们既不附汉也不降魏,我行我素,独往独来。更好笑的是,自身难保的氐王们竟然跟着西川将领马超反叛曹操,结果被曹操派兵征服,然后强制驱赶到内地。就这样,因为几个首领的愚蠢举动,氐人拖家带口远走他乡的噩梦,一直持续到公元240年。

在"非我族类,其心必异,戎狄志态,不与华同"的顽固观念支配下,朝廷对内迁的氐族酋长,表面上百般拉拢,事实上并不信任,特意在氐人地区派驻了护西戎校尉。最悲惨的莫过于内迁的平民,他们给酋长交租子、出苦力也就罢了,朝廷也变着法子盘剥他们。曹魏的苛捐杂税本就多如牛毛,晋朝出台的田租居然比曹魏多出一倍:不仅有田的要交租,而且官府规定:"远方无田可种的少数民族,每户需要交米三斛(hú,古代计量单位,一斛为五斗),再远的交五斗，更远的每人交钱二十八文。"

如果在婴儿还没有吃饱的时候，就让他的小嘴巴离开奶嘴，他就会哇的一声大哭起来。不平则鸣，这是连婴儿也懂得的道理。本来就无田可种的氐族平民更加衣食无着，不得不沦为依附农民的世兵，甚至被卖到大户人家当奴婢。移民的忍耐力在达到极限后被引爆，公元294年秋天那个收获继而交租的季节，一场轰轰烈烈的起义在秦、雍二州的氐、羌中爆发。

发起者是来自关中扶风的氐豪齐万年。他振臂一呼，少数民族被压抑已久的怒火就立即燃烧起来，并很快形成燎原之势。齐万年被推举为皇帝，整装北上，向腐败的晋朝发起了不间断的攻击。

公元297年，七万起义大军占领了今陕西乾县西北的梁山，矛头直指古城长安。慌乱之中，著名的白痴——晋惠帝做出了一个荒唐透顶的军事部署：封梁王肜为大都督，同时任命传说杀死过虎与蛟的周处为建威将军合兵征讨。这一部署的荒唐之处在于，梁王当初惹了大祸，被刚直不阿的周处弹劾，正愁没有机会报复。双方刚刚会合，梁王就在军事会议上为周处布下陷阱："你率领一支精兵作为前锋先与敌人交战，我将在敌人疲惫时增援。这样，我们将大获全胜。"

周处明知梁王在官报私仇，但他有苦难言，只能硬着头皮率领五千精兵与起义军死磕。结果，"常胜将军"周处被十倍于己的起义军团团围住，在力竭后被乱军杀死，晋朝前锋部队全军覆没。

接到战报，按说最兴奋的当属梁王，但他却无论如何也高兴不起来。因为他在借助敌手除去宿怨的同时，也使晋军被敌人吓破了胆，没有任何将军再敢出阵迎敌，只是龟缩在城中请求朝廷增援。

不久，晋将孟观统领三万晋朝援军发起反攻。一日，两军列队完毕，武艺精湛的孟观出阵与齐万年单独交战。战至十余回合，齐万年大败而逃。孟观纵兵赶杀，氐兵十损七八，一直逃回梁山军营。

齐万年并不死心，纠集残兵败卒于公元299年正月在今陕西省渭水支流漆水河回马再战，齐万年在阵前高喊："挡我者死，避我者生。"言罢挥刀冲向孟观，结果仍然不是晋将的对手，不出几个回合，齐万年就落马被擒。明知不可为而为之，不是执着，就是弱智，齐万年的最后选择令人深思。

一代豪雄齐万年被押送洛阳，第二天便被斩首示众。

很多时候，命运就是如此残忍，它曾经逼迫你不得不千万次抗争，但又一次次抹杀你的努力。

民众只能化长风为悲歌，以眼泪作祭酒，默默为他送行。

摆在战败的氐人面前的只剩下两条路，或坐以待毙，或背井离乡。已经习惯流浪的氐人毫不犹豫地选择了后者，齐万年的残余部队一万余人化整为零进入益州（今四川）。

三　借尸还魂

动乱年代，能找到平静的乐土吗？公元 301 年，乱成一团糟的晋朝忽然下令，将流亡各地的难民全部遣返故乡。益州刺史罗尚认为发财的机会来了，一面命令氐人在朝廷规定的限期内离开本州，一面设立关卡把氐人辛辛苦苦积蓄的财物全部没收。这时，愤怒的氐人又得到了"八王之乱"愈演愈烈，故乡仍然千里枯槁、饿殍（piǎo）满道的消息。生与死的抉择又一次摆在他们面前：一是回到略阳饿死，一是留下来被刺史杀死。当然，还有一条最为冒险的选择，那就是再次揭竿而起。

尽管对齐万年被杀的血腥场面记忆犹新，但他们还是一致推举酋长李特为镇北大将军，李特的弟弟李流为镇东将军，李特的三子李雄为前将军，在今四川德阳以北的绵竹宣布起义。

李特、李流兄弟先后丧命，杀红了眼的李雄亲自率领敢死队冲锋陷阵，终于攻陷了流淌着白米和黄金的益州。

公元 304 年，李雄称成都王。两年后的一天，李雄竟然宣布继承"乐不思蜀"的刘禅的爵位，定国号为大成，自己就任大成皇帝。就这样，三国之一的蜀汉得以借尸还魂。

大戏一开场，他们还真有点复兴汉室的气势。李雄一方面对地方大族称兄道弟，刻意拉拢，另一方面采取了"降低赋税、休养生息"的开明政策，使得境内出现了"路不拾遗，夜不闭户"的盛世美景。

也许读者们会问："这种盛况能维持下去吗？"如果想，请选择一位英明的接班人，然后像唐太宗一样在自己活着的时候把所有可能威胁到接班人的亲王统统干掉。李雄不仅没有这样做，还在病死前莫名其妙地宣布养子李班继位。更要命的是，他的亲生儿子们个个军权在握。不久，文质彬彬的李班就被杀掉，李雄的四子李期被推上王位。想不到，杀掉绵羊却迎来了恶狼。李期上台后，平均一年就要毒死一个亲王。无奈之下，镇守边关的亲王李寿率一万轻骑杀进成都，将皇帝李期降职为酆（fēng）都县令，这可能是中国有史以来最大的一次降职安排，因而李期在接到任命后悬梁自尽。

李寿掌握政权后，他的称呼成了一道难题。一天，他找来道士算了一卦，算出他只可以做几年的天子。一些部将劝他继续当诸侯，但李寿宣称："朝闻道，夕死可矣！"

一个叫"成汉"的国家宣布诞生，皇帝就是不信命的李寿。

事实证明，他确实具备一个优秀皇帝的素质，使得我不得不把历史上明君继位后干的那些恢复生产、勤于政事、宽容勤俭之类的套话放在他的身上，又是一片莺歌燕舞，又是一个太平盛世。

但好景不长，在李寿的三把火烧过不久，一件小事彻底改变了他，也使那位道士的预言得到应验。

一天，出使赵国的使臣照例向皇帝汇报工作，从中原归来的使臣再也按捺不住心底的震撼，满脸羡慕、满嘴泡沫地叙述起石虎那巍峨的宫殿，如云的妃嫔，醇厚的美酒，高雅的音乐和无上的威严，引得李寿心痒难忍。从此，他变得奢侈骄横起来。左仆射（yè）蔡兴入宫进谏，竟被拉出去斩首。右仆射李嶷（yí）仗义执言，也被下狱处死。过了五年，皇帝突然得了一种怪病，整日胡言乱语，不是说李嶷索命，就是说蔡兴申冤，几天后便两腿一蹬，一命呜呼。

我们关心的是，他的儿子能否重振雄风？

四　大胖子的表演

接班人名叫李势，生得脑满肠肥，大腹便便，腰带十四围却起卧自如，被国民称为"神奇的大胖子"。

胖子继位后，所娶的妻室也都姓李。奇怪的是，附近山陵上的月亮阴晴圆缺了多少次，他的后宫佳丽竟然连生数女，没有一个人为他生下身后治国安邦的儿子。此后，他命令手下到民间搜索美人，即便是已经嫁人，只要有点姿色也要强娶入宫，如果她的丈夫胆敢争执，一律格杀勿论。一时，后宫美女如云，繁花争艳。他关上宫门，日夜宣淫。后来，宫中传出一连串惊人的消息：一名姓张的宫女，忽然化为一丈多长的大斑蛇，搞得宫内人心惶惶。还有一个郑美人，突然变成一只吃人的母老虎，被太监持械赶走。出了如此多的怪事，胖子仍我行我素——只要能生个继承皇位的儿子，听点怪话又有什么？！

问题是，一个皇帝绝对不能只管后宫而不管政务、军务，尤其是边防，如同一个人学几何却不涉及弦、三角和长方体。结果，伴随着胖子如火如荼的"造子运动"，成汉走向了自取灭亡的深渊。即便是东晋荆州刺史桓温只率七千人发起试探性进攻时，成汉边防已形同虚设。公元346年三月，晋军抵达成都西南二公里的笮（zuó）桥，胖子亲临前线督战，成汉军团孤注一掷，桓温的前锋受挫，一名将军战死，流矢险些射中桓温马头。慌乱之中，桓温下令击鼓退却。

一个童话里才有的插曲发生了。不知什么原因，晋军击鼓手稀里糊涂击出了进军的鼓点，晋军发起了猛烈的反扑，虚张声势的成汉军团一败涂地，胖子狼狈地退入成都。在遭遇火攻后，胖子趁着夜色从东门逃到晋寿（今四川广元）。后来，胖子实在受不了一夕数惊的日子，于是派人向桓温送上降表，然后反绑双手，携带棺材到晋营投降。与此同时，胖子将如花的妹妹偷偷送给桓温做了小妾。

英国有一句谚语："锁见美女自然开。"果然，美女一到手，桓温态度大变，胖子不仅没有被杀掉，而且被好酒好菜地供养起来。

桓温的老婆南康长公主一向以嫉妒闻名于世，听说老公偷娶了一房小妾，便率领女兵提刀赶来，准备把这位二奶生吞活剥。公主赶到金屋藏娇的地方，正值李小妹在窗前梳妆，只见她长发委地，雪容月貌，眼波流转，颦轻笑浅，美丽得令人战栗，是一位典型的四川美女。四川美女一见公主就趴在地上泪流满面地说："若非国破家亡，我能情愿来这里吗？今日如果被杀，也遂了我的心愿。"闻言，公主立即掷刀于地，把美女一把揽入怀中："小妹，对于你我见犹怜，何况好色的老公。"公主一不小心，发明出一个叫"我见犹怜"的成语。从此，公主与李小妹结为姊妹，她的妒病也不治自愈。

经过桓温力争，胖子被朝廷封为归义侯，好酒、好肉、好房子，安居建康十二年后死去。后人写诗解嘲说："笮桥一败蜀中休，面缚迎降也足羞。试问十年天子贵，何如百世作诸侯？"

五　统一北方

被强迫迁离世代栖息的故乡是痛苦的，但很快他们就感受到了苦尽甘来的欢愉。因为痛苦是把双刃剑，它一方面割破了人心，另一方面掘出了生命的新水源。

从荒凉山谷来到茵茵平川的氐人，在解决温饱后开始团结起来。公元310年，从武都郡迁到略阳郡的氐人蒲洪被推为盟主，自称护氐校尉、秦川刺史、略阳公，先是听命于前赵，后又投奔后赵。公元350年，蒲洪背弃衰亡的后赵归附东晋，被封为都督河北诸军事。此时正值冉闵滥杀胡羯，关陇流民纷纷西归，蒲洪抓住时机设立流民收拢站，竟然拥众十余万，然后自称大将军、大单于、三秦王，改姓苻氏。

在迅速扩张的岁月里，苻洪根本无暇鉴别投降者的忠奸。有感于苻洪的意外成功，一位名叫麻秋的降将起了异心，将苻洪下毒毒死。好在，苻洪之子苻健还有些手段和威信，他率众杀掉了麻秋，然后挥兵西入长安，占据了关陇地区，于公元351年自号天王、大单于，定国号为大秦——也就是历史上不得不说的前秦。五年后苻健不幸病逝，儿子苻生世袭了帝位，改元寿光。

苻生从小瞎了一只眼，既能空手与猛兽格斗，又能徒步与骏马赛跑，是中国历史上有名的暴君。在他十岁的时候，爷爷苻洪想逗他，便问身旁的侍者："听说瞎眼的孩子一只眼流泪，是真的吗？"侍者回答："是真的。"苻生在一旁听了，拔出佩刀往自己那只瞎眼刺了一刀，鲜血喷涌而出，恨恨地说："这不是眼泪吗？"爷爷大惊失色，拿起鞭子猛抽这个凶残的孙子，苻生既不躲闪也不求饶，反而口出狂言："我喜欢被刀砍，不喜欢被鞭打！"气得爷爷暴跳如雷——如果不是看他年幼，早把他宰了。

苻生二十一岁当上皇帝后，身旁不离铁锤钢锯刀斧，一言不合就亲自动手杀人。他曾经问大臣："你看我是什么样的君主？"大臣惶恐地回答："陛下是圣主。"苻生大怒："你故意奉承我！"这位大臣被拉出去斩首。再问别人，那人谨慎地回答："陛下是仁君，但刑罚稍重。"苻生同样大怒："你竟敢诽谤我？！"这位大臣也被处斩。

因为只有一只眼睛，所以他最忌讳听到少、无、缺、伤、残之类的话。有一次，他问御医人参能否多用，御医回答："人参力量很大，应该少用。"于是，犯忌的御医被挖去双眼。

他命令把牛马驴羊活活剥皮，使它们在宫殿上奔跑哀鸣。甚至把人的面皮剥下，再让他们表演歌舞。杀得兴起时，连宰相、皇后、舅舅也不能幸免。

一个人到了这种不可理喻的地步，任何正常方法都会失效。于是，苻健的侄子苻坚在公元357年杀掉苻生自立为皇帝。

苻坚在汉人宰相王猛的协助下，废除了胡汉分治这一社会不稳定的根源，出台了劝课农桑、鼓励生产等稳定人心的举措，一个稳定而强劲的前秦悄然崛起。从公元370年开始，仅仅用时十二年，前秦就完成了统一北方的伟业。此时的前秦，东极沧海，西并龟兹，南达襄阳，北尽大漠，只剩下东南角的东晋与其对峙。

下面的故事，犹如童话。

六　淝水之战

似乎，全国的统一指日可待。但是，前秦还不具备一击制胜的底蕴，因为后方还不稳固，内部也并非铁板一块。显然，王猛意识到了这一点，也深知苻坚的好大喜功，因此在临终前谆谆告诫苻坚："晋虽僻陋吴越，乃正朔相承。亲仁善邻，国之宝也。臣没之后，愿不以晋为图。鲜卑羌虏，我之仇也，终为人患，宜渐除之，以便社稷。"

这是一个类似于成吉思汗临终嘱托的著名遗嘱。

但名利是一条死胡同，谁走进去就只看到自己，看不见别人。苻坚这位被盖世武功和阿谀逢迎吹成了气球的皇帝，根本未把王猛的遗训当回事，不久就提出了讨伐东晋、统一中国的动议。

左仆射权翼头一个站出来反对："晋国虽然弱小，但内部没有危机,微臣认为不宜讨伐。"大将石越也坚决反对:"晋朝人才云集,又有长江天险,窃以为不可出兵。"接下来,满朝文武纷纷表示反对。支持南征的唯有心怀鬼胎的鲜卑人慕容垂和羌人姚苌。

散朝后,苻坚单独留下苻融商讨出兵事宜。想不到,苻融的态度更为坚决:"讨伐晋国有三不利,一是天时不利;二是晋国安定,我们无机可乘;三是最近战况不利,军队有畏敌之心。"最后,苻融动情地落下了眼泪,"我最担心的不是晋国,而是陛下最宠信的鲜卑和羌人。难道陛下忘了宰相的临终遗言了吗?"

面对弟弟的劝告和满朝文武的死谏,苻坚仍执意妄为,他自恃"有众百万,资杖如山",急欲完成厘清天下、一并宇内的旷世伟业,甚至一厢情愿地下诏任命东晋孝武帝司马曜为尚书左仆射,东晋宰相谢安为吏部尚书,并在长安腾出房子等他们前来就位。

这使我想到了一则寓言:一头驴突然离开大路跑向陡峭的悬崖,许多人抓住它的尾巴用力往回拖,但驴非要跳崖不可,人们只好松开手,说:"你赢了,但你的胜利是以付出生命为代价的。"

公元383年,苻坚任命弟弟苻融为先锋率领二十万大军先行,自己随后率步兵六十万、骑兵二十七万滚滚南去,另有水师八万从巴蜀沿长江、汉水顺流东下。前秦大军像一片卷动的乌云,扑向天光灿烂的东晋天空,去做统一中国的最后冲刺。

出师前，苻坚吹嘘自己的百万大军"投鞭于水，足断其流"。由于兵马太多，前秦的战线拉得很长，苻坚到达项城时，凉州的兵马才到咸阳，幽、冀州的官兵才到彭城，四川的水军才从长江上游起航。

主力部队还未到达，苻融的先锋部队就与谢石、谢玄率领的八万东晋精锐师在安徽淝水隔岸对峙。一天，苻坚和苻融登上寿阳城举目东望，见淝水对岸旌旗招展，精甲耀日；又见八公山上草木摇动，以为"草木皆兵"，心中掠过丝丝寒意。

晋军送来书信："两军隔水作战根本无法定出输赢，秦军能否稍稍撤退，待晋军渡江后决一死战。"苻坚召集将领们商讨对策，有人提醒能否等大军全部到齐后再战，有人提醒这是否是晋军的阴谋，而苻坚早已胸有成竹："我既不是怕死鬼，也不是宋襄公。我们可以下令秦军后撤，然后在晋军半渡时发动突击。"

"后撤！后撤！！后撤！！！"接到皇帝命令的各族士兵本来就毫无斗志，加上被俘的晋将朱序在军中高喊"秦军败了！"于是，秦军把后退命令当成了撤退，又在实施中把撤退变成了逃跑，近百万人的庞大军阵一退便如断线的风筝无法把握，又如突发的地震山崩地裂，更如崩溃的大堤一泻千里。

晋军乘势渡过淝水奋勇掩杀，百万秦军顷刻土崩瓦解。

败退的秦军听见风声鹤唳，也以为是晋军追来，所以昼夜狂奔，草行露宿，自相践踏和饥冻而死者不计其数。苻融为阻止大军溃退被乱兵践踏而死。苻坚被流箭射中，撇下军队单骑逃回淮北。一路上，黄叶纷飞，惊鸿声声，坐在马背上的他须发飘零，瘦若秋风。这正应了五百多年前一位名叫汉尼拔的西方将军所言："遭到轻视的军队往往会带给敌人沉重的挫败，而盛名之下的国家或君主却常常不堪一击。"

世事东流水，乾坤一局棋。淝水之战，使中国的统一整整延缓了两个世纪，也导致苻坚的前秦轰然倒地，并使他千秋万代也洗不去——风声鹤唳、草木皆兵这两道耻辱的印记。

失去制衡的各族将领纷纷割据自立，在淝水之战中率先逃跑的慕容垂回到旧部恢复了燕国，俗称"后燕"；姚苌则干脆建立了秦国，俗称"后秦"，王猛的担心最终变成了现实。

公元385年，长安遭到西燕围攻，苻坚听信方士"帝出五将久长得"的鬼话，逃到今陕西的五将山，被昔日的部下姚苌活捉。

人间沧桑、是非成败，像江水缓缓流逝；人情冷暖、酸甜苦辣，一次次涌上心头。精神敏感、心灵脆弱的苻坚不可能像普罗米修斯那样，日复一日地忍受被雄鹰叼走心脏的痛苦。

面对昔日部下的折磨与侮辱，这位曾经凌空翱翔的雄鹰，椎心泣血，痛悔不已。据说，他自缢身死（一说被吊死）在今陕西彬县石佛寺中，时年四十八岁。

七　黑色休止符

前秦受伤太重，失血太多了，任凭苻坚的子孙使出浑身解数，也未能拖住从山巅滚落的前秦巨石。

苻坚逃跑后，留守长安的太子苻宏突围南去，投奔了昔日的死敌东晋。而镇守邺城的长子苻丕也突出重围，逃到晋阳自立为帝。

风光不再的前秦韬光养晦也就罢了，但这位新皇帝偏偏要立志复兴。他亲率四万大军进攻被慕容鲜卑占领的平阳（今山西临汾），结果被打得丢盔弃甲，在南逃途中被东晋军队击杀。

苻丕一死，苻坚的孙子苻登被推举为皇帝。这可是一员真正的猛将，他尤其痛恨杀死爷爷的羌人。当时交战各方都缺少军粮，苻登每次攻打羌人，都把羌人尸体称为"熟食"，命令氐人在战后吃羌人生肉。同时，将士都在铠甲上刻下"死休"二字，展示必死的决心。

氐军进击到姚苌驻扎的胡空堡时，已经饥饿难耐，急需用羌人的人肉充饥，但羌军胆怯不出。于是，氐军十万铁骑环绕着姚苌大营边走边哭，哀声震天。姚苌毛骨悚然，赶忙下令手下回哭。氐军因饥饿而万口同哭，羌军因恐惧而万口同号。一时间，哭声盈野，飞鸟逃遁。这一幕，在世界战争史上空前绝后。

氐羌你来我往，连年累月，直打到姚苌病死，姚苌之子姚兴继位。

"回光返照"让黎明前的黑暗有了一抹亮色。因为几场胜利，一切都可以被原谅，既往不咎；一切都可以被蒙蔽，从头再来。但也正因为这几场胜利，淝水之战的沉痛伤疤很长时间都不再被揭起，前秦最终失去了刮骨疗伤的机会，直至病入膏肓，一命呜呼。

苻登骄傲了，他自认杀的人比姚兴见的人还多，因而口出狂言："姚兴小儿，我将折杖以笞之。"

说完大话，苻登就率军大摇大摆地向关中腹地挺进。不知不觉间，他被年轻的姚兴设计前后堵住，拼上老命才单骑逃回老窝。

胡空堡老窝的弟弟和儿子听说了他的败讯，早已逃得人去堡空。他很失望，但他又不能表现出来；他完全可以通过选择投降保住脑袋，但他不能那样做，因为他是前秦的象征和希望，他要做一个铮铮汉子。

他强打起精神，在平凉重整旗鼓，押上了最后的赌注。

最后的决战在固原山南上演。尽管他不再懈怠，尽管他机关算尽，但还是又一次也是最后一次输给了"乳臭未干"的姚兴。军队一败涂地不说，他也被乱军踏死在阵中。这一年是公元394年。

传六帝、立国四十四年的前秦咽下了最后一口气。

他死了，国亡了，但他不会后悔，因为他已经为前秦付出了全部的努力。我以为，并非所有的失败者都不值得尊敬，历史应该而且需要记住那些为了国家的利益流尽最后一滴血的勇士们。

八　晚霞夕照

前秦的主力消亡了，可是分支还在。

略阳氐人吕光是苻坚手下的一员猛将。公元383年，吕光奉苻坚之命，率精兵七万、轻骑五千远征西域，迫使西域三十余国相继归附。

淝水之战后，长安告急。吕光于公元385年东返救驾。大军东返途中，被凉州刺史梁熙阻挡在玉门关前。吕光纵兵击败了梁熙，乘势夺取了战略要冲姑臧城（今甘肃武威）。第二年，远方传来了主子苻坚自杀的消息，吕光如丧考妣，肝肠寸断，命令所有凉州人不论老少一律为苻坚披麻戴孝。

行到水穷处，坐看云起时。"前秦已经无可救药，你不能也不应该就此沉沦！"擦干眼泪之后，吕光听凭心灵的指引，回应直觉的呼唤，理直气壮地自称大将军、凉州牧、酒泉公，以姑臧为国都，替处于低潮的氐族建立了一个名叫大凉的国家，史称"后凉"。

英国文人约翰·班扬曾经告诫后人，有一个叫作怀疑之城的城堡，它的主人是一个名叫绝望的巨人。吕光之所以能够成功执政，是因为他的身边聚集了一群"旷世英才"。但他在上台后唯恐前秦的悲剧重演，开始疑神疑鬼，滥杀无辜。在死心塌地跟随他西征的大将杜进也惨遭杀戮之后，重臣沮渠蒙逊、段业等人纷纷逃走自立为王。

几根支柱一抽，后凉这座大厦便岌岌可危了。公元399年，吕光病逝，庶长子（妾所生的长子）吕纂发动宫廷政变，吕光的世子（正妻所生的长子，又叫嫡长子）吕绍被迫自尽。公元401年，吕纂也在内讧中被杀，他的堂兄吕隆上台后，走到了另一个极端，天天上朝，夜夜办公，竟然通过杀豪门望族来显示自身权威，致使许多人早晨一起床便要先摸摸自己的脑袋是否还在脖子上。

人们不禁要问，说一不二的吕隆是否有着显赫的战功？对不起，这位皇帝恰似中国的一位围棋高手，属于典型的"内战内行、外战外行"。南凉和北凉相继围攻姑臧，后凉都城一斗谷子的价格飙升到了五千文，后来发展到人吃人的地步，饿死的人达十万以上。

已经形同"植物人"的后凉苟延残喘到公元403年，被迫向后秦姚兴投降，算来他们立国只有短短的十九年。

植物人终于断气了,这应该是个令所有人都松了口气的好消息。我本想说点缅怀的话,但找不到理由。

九　被误读的"白马人"

之后,氐人成为强弩之末。尽管从公元426—560年,氐人先后发动了三十七次起义,但这些起义多是各族的联合行动,而且仅限于反抗暴政而缺乏进一步建立政权的目的。渐渐地,分散的氐人血脉以与汉人婚配的形式消失在民族融合的滔滔洪流中。

当然还有例外,一部分居住在四川北部及甘肃东南的氐人,因唐蕃和战不定,未被两者同化——如今,在甘南的文县和川北的平武、九寨沟县一带,峰峦叠嶂、松杉耸翠、溪流纵横的大山深处,生活着一个总人口只有两万的独特人群——白马藏族。这朵绽放在大山深处的奇葩,近来成了民俗专家考察研究和中外游客观光旅游的热点。

中国政府经过民族识别,把这部分人确认为藏族的一部分。又由于他们崇尚白色、敬奉白马神、以"白马"为图腾,甘肃白马人居住在白马河流域,四川白马人分布在平武县白马等地,人们便习惯性地称之为"白马藏族"。

但他们有别于藏族的证据俯拾皆是。他们一般不修寺院，不信仰藏传佛教，不放牧牲畜，不与藏族通婚。白马语音与羌语、普米语相近而与藏语稍远，在词汇上更是与藏语大相径庭。白马人有杨、王、余、田、李、曹等姓，而藏名中的扎西、多吉、达瓦、卓玛在白马人中从未发现，这也应了《魏略》"氐语异于中国，姓为中国姓"的说法。并且，白马人众口一词地说，他们的祖先是陇南的氐人。

美国学者王浩曼也曾著文在国外介绍："岷山深处有一个人所罕知的部落，这个部落自称为氐人。"

不管怎么说，氐人几乎被彻底同化了，残存的只是一些断断续续且模糊不清的历史记忆。

事情往往如此，也只能如此。

而且，仔细审视一件事情，我们会发现幸与不幸其实是一个问题的两个方面。建议大家读读安徒生的童话《老头子做的事总是对的》。要知道，在所有的事物中发现安慰和价值，是历史送给人类最大的补偿。

第六章 柔然——昙花一现的游牧帝国

在五胡内迁的日子里,一个名叫柔然的帝国在辽阔的蒙古草原上开出了繁花,美丽而灿然。然而笔者参观内蒙古历史博物馆时,竟找不到有关她的任何文字。

——作者《草原日记》

伴随着羌、氐内迁的足音，一个鲜为人知的游牧部落在辽阔的蒙古草原上开出了夺目的繁花。她有一个诗意的名字——柔然。

一　第三草原帝国

公元四世纪末，就在五胡跃马横刀、逐鹿中原的日子里，草原上一个小部落正悄悄萌芽。

这个部落名叫柔然，字面意义为天国。他们原名蠕蠕（ruǎn）、芮芮、茹茹、柔蠕。始祖是一位名叫木骨闾（意为秃头）的草原流浪汉。公元三世纪末，身为拓跋鲜卑骑奴的木骨闾纠集一百多名同伙逃到阴山北部的意辛山一带，实现了担任一名首领的愿望。后来，由于受到北魏的压制，年轻的柔然首领社仑毅然率部逃亡漠北。

有理想的地方，地狱也是天堂。就在漠北这个人迹罕至、无人打扰的地方，社仑创造了"千人为军，军置将一人；百人为幢，幢置帅一人"的部落军事编制，通过了"先登者赐以虏获，退懦者以石击首杀之"的军事奖惩办法。从此，他不再是一个无章可循的野蛮部落首领。

一天，柔然像鬼魂一样从大漠深处冒了出来，从前羸弱不堪的孩子已经变成了恐怖巨人。社仑率部先后征服了高车和匈奴余部拔也稽，于公元402年自称可汗（意思相当于皇帝，这一称呼后来被突厥、回纥、蒙古及中亚游牧国家沿用）。到公元427年，已经基本完成了对漠北草原的统一。其势力范围东起大兴安岭，南达阴山与北魏对峙，西抵准噶尔盆地与天山以南的焉耆交界，北到贝加尔湖。继匈奴、鲜卑之后的第三草原帝国——柔然汗国从此诞生。

二 "让能人领导我们"

在皇权专制年代，这是一句大逆不道的话。自从治水的大禹将部落首领的权杖传给了儿子夏启，禅让制就被扫进了历史的垃圾堆。世袭制带来的封妻荫子的好处令历代国王如获至宝、奉若圣典。但天子世代相传，难保不会出现一两位或天生呆痴或品质恶劣的国君。令人鼓舞的是，在秦二世当政的黑暗岁月，竟然有一位平民小子发出了"王侯将相宁有种乎"这一晴天霹雳般的呐喊，一不小心，为陈胜自己担任短期的张楚王、小隶出身的刘邦当上汉王、和尚出身的朱元璋建立明朝、少数民族入主中原奠定了理论基础。

但他们无法摆脱历史上通常的革命悲剧：以争取自由开始，以获得专制告终。任何一位通过挑战世袭制走上皇帝宝座的人，无一例外会把被自己打倒的血统论和世袭制从垃圾堆里捡回来，重新开始一度中断的世袭制。哪怕儿子是公认的白痴，也会千方百计将傻儿子托付给一两位英明而正统的大臣。恰如西晋的司马炎将自己从小就只会玩泥巴、连亲生儿子都不认识的傻儿子司马衷托付给了司马亮，三国时期的刘备在白帝城导演了将傻儿子刘禅托孤给诸葛亮的历史剧。结果众所周知，西晋因司马衷之后的"八王之乱"而宣告死亡，蜀国因刘禅的忠奸不明而走向灭亡。尽管如此，仍然没人敢向血统论和世袭制公开叫板。饱受汉文化浸染的柔然也不例外。

特例发生在第十四任可汗豆仑（意为恒王）当政时期，尽管他的血管里流淌着可汗的纯正血脉，但他既无魄力又缺智慧，很快就在与北魏孝文帝的交战中败下阵来，造成许多失望的部属投归北魏，属下的高车副伏罗部酋长阿伏至罗也率十余万部众自立为主。

公元492年，他与叔叔那盖兵分两路征讨阿伏至罗，力图用武力使自立的高车重归柔然。战况极富戏剧性：叔叔那盖每战必胜，凯歌高奏；而豆仑可汗屡战屡败，狼狈不堪。能力和威信是比出来的。人们一方面对可汗失去了希望，另一方面又对可汗的叔叔充满了期待。

"让能人领导我们。"这句现在看来顺理成章而在当时却惊世骇俗的话响成一片。叔叔的反应是连连推辞，一边摇头一边说："他是正统可汗，又是我的侄子，我不能背上篡位的恶名。"于是，部下们跺脚的跺脚，磕头的磕头，寻死的寻死，似乎那盖不当可汗他们就活不下去。但是，他还是不为所动，一再推脱。

无奈之下，将军们杀死了豆仑母子，并将豆仑母子的尸体抬到那盖面前，将权杖强行塞到那盖手中。被拥上汗位的那盖从此走上了复兴之路。经过十三年的休养生息，柔然于公元504年兵分六路进击北魏，一度占据了长城一线的几座城池。

在南扩的同时，那盖之子伏图一上台就发起了针对高车的西征。

与北魏和高车的连续恶战，像一面清晰的镜子，照出了"柔然美人"姣好脸庞上密密麻麻的青春痘。让人困惑的是，青春痘本应是活力太猛无处释放的标志，但他们却发出了上升动力匮乏的尴尬警报。"为前辈复仇"的铿锵誓词言犹在耳，一个忧伤决绝的句子便萦绕在伏图脑海中：我刚刚上台，就将死去吗？不久，伏图被高车所杀。

三 "战神"与"圣女"

伏图死后，长子丑奴被立为可汗。从此，丑奴走上了为父亲复仇之路。他一边操练军队，准备粮草；一边派出大臣前往北魏，续上了中断的朝贡关系，解除了征讨高车的后顾之忧。

公元516年，丑奴率军西征。在茫茫戈壁和茵茵绿洲之间，突然出现了一支军容严整、同仇敌忾的骑兵。面对这股强劲的军事风暴，高车人或抱头鼠窜，或望风归降。丑奴不仅为父亲报了一箭之仇，而且重新确立了在西域的霸权。据说，高车王弥俄突的头颅被割下，做了专供丑奴小便的溺器。在柔然人心目中，"战神"诞生了。

如同拿破仑爱上约瑟芬、项羽离不开虞姬一样，大凡英雄都喜欢美女，丑奴当然也不例外。这其实也无可厚非，但问题是，他喜欢的是一个不简单的美女。

当时，草原上流行一种原始宗教萨满教。一开始，丑奴对萨满教并不感冒。一天，他幼小的太子祖惠忽然失踪。在大家焦急万分的时候，一位名叫地万的女萨满面见丑奴，声称祖惠现在天上，只有她能将祖惠召回。女萨满在大泽中搭起帐篷，设立祭坛，口中念念有词，在折腾了几个昼夜后，祖惠果然从帐中款款走出，自称被天神收去，今天方才允许返回。可汗大喜过望，立刻将女萨满封为"圣女"。

从此，"圣女"可以随便出入汗帐，成为一名高级顾问。她有着与可汗身边温顺、体贴的女人迥然不同的神秘和风骚，这一点令可汗心荡神摇，喜不自胜。开始的时候，可汗尚且能够对她彬彬有礼，时间一长便禁不住耳鬓厮磨，而地万竟然不加推辞甚至故意挑逗。

人的价值在遭受诱惑的一瞬间被定格。春风一度之后，味道远远胜过妾妇，喜得可汗如获至宝、似遇天仙，当即册封为可贺敦（可汗的正妻）。到了后来，"圣女"的地位和分量竟然超越了可汗的母亲。

祖惠长大后，私下告诉亲生母亲："我系人身，怎得上天？地万留我在家，教我诳言。"母亲把儿子的话原封不动地转告了可汗，已经鬼迷心窍的可汗摇头答道："地万能预知未来，你何必嫉妒呢！"

有趣的是，他竟然将太子母亲的怀疑亲口告诉了"圣女"。可汗太天真了，他根本不知道，百合花一旦腐烂，其臭尤甚于芜草。于是，又惊又怕的"圣女"利用可汗对宗教的迷信和对自己的无限信任，以天的旨意唆使可汗杀死了亲生儿子祖惠。

没有生过孩子的女人根本不懂得死了儿子的母亲的感受，那是一种任何强权都阻挡不了的母爱的力量。既然可汗不信任自己，祖惠的母亲就只有向可汗的母亲——死者的祖母侯吕陵氏哭诉事情的经过。两个母亲抱头痛哭，一个周密的复仇计划在她们胸中生成。公元520年，侯吕陵氏趁可汗外出打猎，派人绞死了"圣女"。

可汗回到汗帐，像疯了一样大发雷霆，公开发誓一定查明真相，为自己生命中最珍贵的女人报仇雪恨，"不管真相背后是谁"！

多情是一把对准自己心窝的刀，伤的只能是自己。一场针对可汗的阴谋在悄悄酝酿。当时正值高车首领阿伏至罗前来进攻，丑奴已被"圣女"由百炼钢化为绕指柔，再也不是那位百战百胜的战神，一出师便败下阵来，狼狈地逃回母亲身边。天堂和地狱，有时候仅仅隔着一根门柱，一向自负的他一点儿也没有意识到，面容狰狞、浑身骨头嘎嘎作响的死神正向他招手。到了这一步，亲情已经变得不重要了。失望至极的母亲设计杀死了他，丑奴的弟弟阿那瓌（guī）被立为新可汗。

历史老人感叹：人生是最大的纹枰，谁都逃不过命运的劫数。我也奇怪：历史上的真实事件如此具有戏剧性，我们为何还要去读虚构的神话故事呢？

四　麦积山烟雨

"战神"征战多年，毕竟在军中有一批忠实拥戴者。但那位母亲和新可汗只顾庆祝，根本没有采取善后措施。十天后，侯吕陵氏就惨遭暗算，幸存的阿那瓌则逃亡到有着姻亲关系的北魏。

阿那瓌的叔叔婆罗门击溃了叛军，自立为可汗。而先前逃走的阿那瓌，于公元521年在北魏支持下，聚兵三十万杀回漠北，在今内蒙古固阳重新设置了汗帐。对于北魏此举，通过平叛上台的婆罗门显然难以接受，于是酝酿投奔妹夫当政的嚈哒（yè dá，又称白匈奴）。风声传到北魏的凉州府，平西长史费穆率领精兵抓获了婆罗门。柔然重新统一在了阿那瓌麾下。

公元525年，北魏发生六镇起义，皇帝急召阿那瓌出兵平叛，本应投桃报李的阿那瓌，却趁机率十万大军占领了北魏漠南地区。公元540年，阿那瓌重新击败高车，俨然民族英雄社仑再世。

在北魏如日中天的时候，柔然老老实实地称臣纳贡，而当北魏分裂成东、西两部分后，柔然就不再称臣，反而成了东、西魏争相讨好的对象。柔然与东西魏同时通好，目的无非是居中谋利。阿那瓌可汗先向东魏求婚，东魏权臣高欢将宗室女兰陵公主嫁给可汗为妻。于是柔然出兵帮助东魏骚扰西魏。西魏无力对付柔然与东魏，只好派大臣到柔然请求和亲。正好阿那瓌的弟弟塔寒还未娶妻，因此西魏封舍人元翌的女儿为化政公主嫁给了塔寒。

虽然都是和亲，但东魏所嫁的是宗室女，且配与阿那瓌可汗；西魏嫁过来的不过是舍人的女儿，况且嫁的是可汗的弟弟。西魏的分量，自然相形见绌。于是，权臣宇文泰授意手中的傀儡——西魏文帝娶阿那瓌可汗的女儿为妃。但阿那瓌放出风去说，除非他的女儿做皇后，否则免谈。宇文泰不得已，逼迫西魏文帝废掉皇后乙弗氏，空出皇后之位迎娶新人。乙弗氏只好含泪出家，削发为尼。

公元538年，柔然公主到达长安，成为西魏尊贵的皇后。她尽管只有十四岁，但容颜才识卓尔不凡，只是特别喜欢争风吃醋。废后乙弗氏虽已削发为尼，但还住在都城之中，还有与皇帝重偕鱼水之欢的可能，从而引起了柔然公主的猜测与不满。西魏文帝为取悦新妇，只得派遣次子与母亲乙弗氏一同远赴秦州。临别时，西魏文帝与乙弗氏执手相看泪眼，悄悄嘱咐乙弗氏在外蓄发，希望来日相会。

消息走漏，柔然公主暗中要求父亲起兵逼西魏文帝除去乙弗氏。

为了女儿，父亲于第二年举国进犯，兵锋直抵夏州。西魏文帝遣使诘问阿那瓌为何兴兵。可汗回答："一国不能有二后，老皇后尽管废黜了，但仍有复封的可能，一天不杀她，我就一天不退兵。"

对于战争而言，"对不对"是一个苍白的概念，"服不服"才是一切问题的本源。西魏文帝被迫派人远赴秦州麦积山，诏令乙弗氏服毒自尽。乙弗氏接到诏书后削尽秀发，然后入室服毒，以被子盖住身体慢慢死去，死时年仅三十一岁。

如今，在中国四大石窟之一的甘肃天水麦积山石窟043号狭小幽暗的洞窟中，就安葬着这位死不瞑目的女性——乙弗氏。我在麦积山下十分费力地抬头审视，山崖峭壁上、悬空盘道边，一个个外表苍凉、内里灿烂、密密麻麻、蜂窝状排列的石窟，就像历史早已哭干的眼睛，盛满了黑暗、绝望和悲哀。那开凿石窟形成的绵延千年、不绝如缕、叮叮当当敲击岩石的声音，表达的是狂热的宗教热情，还是一种悠长的悲歌、断续的哭诉，无望的祈祷？那飘浮在麦积山上的渺渺烟雨是乙弗氏的一腔幽怨，还是上苍的感泣？

青山无语，苍天无语，历史无语。

乙弗氏已死，柔然只好退兵。

害人者并没有长寿。这一年，柔然公主因难产也离开了人间，死时正值最为灿烂的二八年华（十六岁）。

五 "屋顶山羊"

在柔然大做和亲梦的日子里，柔然的锻工——突厥在茁壮成长。

你千万别小看锻工这个职业。因为所谓武器的批判无法代替批判的武器，要造反或称霸拿着木棍农具显然是不行的。兵器的坚硬程度和锋利程度在冷兵器时代的确是左右战局的一大因素。正是靠着兵器上的优势，突厥短短三十年时间便从柔然独立出来，逐渐征服了高车，占有了从金山到河套以北的大片区域。

公元546年，高车国残余突袭柔然，被突厥汗国首领土门率部击退。战后，土门自恃有功于柔然，便在公元551年满怀希望地到柔然求婚。阿那瓌根本瞧不起这位从前的部下，还指着土门的鼻子说："你是我的锻奴，怎敢提出这种要求？"

这使我联想到了伊索寓言《屋顶上的山羊》：说的是站在屋顶上吃稻草的山羊不无得意地嘲笑四处觅食的狼，被激怒的狼抬头对屋顶上的山羊说，别看你站在屋顶上说话嘴硬，但只要你敢下来，让我们站在同一平面上，你很快就会明白谁是真正的强者。不要忘记，使你高大的不是你自己，而是屋顶！

像狼一样愤愤不平的土门转而向西魏求婚，西魏没有轻易得罪这个刚刚崛起的"狼王"，非常痛快地把长乐公主嫁给了他。

第二年，"狼王"土门首先争取到了"岳父国"西魏的中立，然后联合与柔然势同水火的高车，发兵突袭柔然。已经很长时间找不到对手的"屋顶山羊"——阿那瓌，在过去的两个部下像恶狼一样出现在帐前时，竟然来不及聚集起一支像样的骑兵部队进行抵抗，结果一败涂地，尸横遍野。大败后的阿那瓌含恨自杀，柔然王室由阿那瓌之子菴罗辰率领投奔北齐。

菴罗辰被北齐安置在马邑川（今山西朔县恢河）。公元554年，不甘寂寞的柔然人举兵退回漠北，然后又进入北齐抢劫，菴罗辰的可贺敦和三万部众被北齐军队俘虏，仅有可汗单人匹马侥幸逃脱。

留在漠北的一分为二，东部以铁伐为首，西部立阿那瓌可汗的叔叔邓叔子为主。东部柔然抵挡不住突厥的进攻，举部归顺了北齐。西部柔然东躲西藏，到处流浪，终究还是在一次遭遇战中被突厥木杆可汗击溃，邓叔子纠集余众数千人投奔西魏。

按照常规，他们无论如何不应该投奔与突厥联姻的西魏。但暴风雨来临时，哪还有时间挑剔港口？果然，突厥木杆可汗派使者威逼西魏交出邓叔子，西魏宰相宇文泰只有服从。在公元555年一个不忍卒读的日子,手无寸铁的邓叔子及部众三千余人刚被遣送出长安青门外,便被突厥使者悉数惨杀。青门外,古道边,血流漂杵,哀鸿遮日。死亡天使飞遍了长安城郊,直到今天我们还仿佛能听到它翅膀的拍打声。

柔然的一个残部流落到漠北,被突厥、契丹吞并;另一个残部内附鲜卑,最终融合到汉人中;只有少部分漏网之鱼,在菴罗辰可汗率领下辗转西迁。残阳如血,羌笛声咽。荒漠占道上,一个马队蜿蜒西去,凄迷不知所终……

六　搅乱欧洲

前路茫茫,漏网的柔然人去往何方?

让我们展开世界地图:印欧各族所处的西部大草原和蒙古种人所处的东部大草原,被绵延千里的阿尔泰山脉和天山山脉截然分开。分界线以西雨量充沛,牧草丰美,牛羊成群,而分界线以东则地势较高,气候干燥,只适合放牧马羊驼。我恍然大悟,正是地理上的不平衡,引起了持续不断、影响深远、由东向西的民族大迁徙。

趁突厥人南下进攻嚈哒汗国之机,驻扎在亚欧大陆交界处的阿瓦尔人——据说是柔然,于公元六世纪下半叶沿着匈奴人多年前的足迹辗转西迁。我说不清这时的柔然像个孩子，还是像个老人。正如太阳，它每时每刻都是夕阳也都是旭日，当它熄灭着走下山去收尽苍凉残照之际，正是它在另一面燃烧着爬上山巅布散烈烈朝晖之时。

公元558年，一个自称"阿瓦尔人"的使团抵达君士坦丁堡，请求与拜占庭结盟。突厥使团也接踵而至，抗议拜占庭接纳昔日的手下败将。此时的拜占庭才如梦方醒，原来这是两个来自东方的游牧部落。

寻求拜占庭结盟未果，阿瓦尔人只有另辟蹊径，向南俄草原转移。随后，阿瓦尔人拥有了著名可汗巴颜，于公元567年击败了日耳曼吉列达伊人，在古代阿提拉的都城附近建起了王庭。他们像前匈奴人那样，以匈牙利平原为基地，向四面八方发起了令人恐怖的袭击。

袭击导致了影响深远的大迁移，因此他们被欧洲历史称为第二次"黄祸"。"黄祸"带来的后果恰如多米诺骨牌：阿瓦尔人把日耳曼族的伦巴第人赶到了意大利；伦巴第人又把拜占庭人从亚平宁半岛驱逐出去，从而粉碎了查士丁尼恢复罗马帝国的梦想；阿瓦尔人迫使斯拉夫部落向南进入巴尔干半岛，斯拉夫人则把那里拉丁化了的伊利里亚人和达基亚人赶进了山区；新来的斯拉夫人从此扎根于巴尔干半岛北部，被赶走的伊利里亚人和达基亚人则湮没无闻，直到近代才作为阿尔巴尼亚人和罗马尼亚人重新出现。

在古文明向中世纪文明过渡时期，所有地区的文明都幸存下来，唯有西方例外，而罪魁祸首的帽子被生生扣在了"野蛮"民族——匈奴、日耳曼、阿瓦尔、保加尔头上。具有讽刺意味的是，正是这种破坏，才使得西方能毫无束缚地朝着新的方向奋进，在中世纪发展起新的技术、新的制度、新的文明。到了近代，这种新的文明远远胜过其他地区乃至全世界的停滞不前的文明，焕发出了超常的生命力。

公元582年，巴颜可汗居然公开与拜占庭帝国抗衡，还一度洗劫了拜占庭的今贝尔格莱德地区和麦西亚。一天，拜占庭名将普利斯卡斯强渡多瑙河，一直攻进匈牙利，在蒂萨河岸边彻底打败了巴颜可汗。第二年，巴颜可汗在羞愤中去世。

公元626年，不甘失败的阿瓦尔人和萨珊波斯联合进攻君士坦丁堡，结果再次被众志成城的拜占庭人击退。

联合攻击君士坦丁堡未果，严重地挫伤了阿瓦尔人的锐气，阿瓦尔汗国开始沉沦。难道他们真的没有出头之日了吗？萧伯纳明明说过："没有一个黑夜是二十四小时的。"但萧伯纳没有去过北极，不知道世界上还有极夜。事实证明，阿瓦尔人已经错过了一切。保加尔人、克罗地亚人、日耳曼人先后落井下石，将他们赶下了争夺霸权的舞台。

不屈的阿瓦尔人在塞俄多尔可汗率领下，放弃富饶的多瑙河北岸，迁往人烟稀少的班诺尼亚西部。现阿瓦尔人仅有六十余万，默默无闻地生活在俄罗斯达吉斯坦共和国以及阿塞拜疆境内。

第七章　突厥——从大草原走向东罗马

　　倘若对过去的一切逐一寻根究底，过去的一切会使我们特别注意到将来。

——希腊史学家　波里比阿

如一颗流星，柔然就这样匆匆消失在无边的天际。赶走这个草原巨人的，是一颗至今仍在欧亚大陆结合部熠熠生辉的长明星。

他叫突厥。

一　一团乱麻

记忆像一条河，承载着珠玉般的智慧和玫瑰色的美丽。

当真的进入历史长河里泛舟，我才发现并不是一件如同品茗、听风、赏月、踏青一般轻松惬意的事情。

大家都明白，历史是一个严肃的话题，来不得半点马虎。可是，在某些问题上我的确找不到让人信服的结论，因而不得不靠推测和分析告诉读者一点什么。一想到自己的作品将暴露在学富五车的学者们面前，我就会紧张得发抖。尽管如此，我还是不得不硬着头皮展开最棘手的话题。

摆在我们面前的，是一团乱麻。因为突厥自公元542年才出现在文史中，《北史》认为他们发源于咸海，《周书》认为他们出自漠北索国，唐代的段成式断定其发祥地在海东阿史德窟，而《隋书》则说他们是平凉杂胡。

历史和历史之间一定存在着某种关联，只是这种关联不一定随时凸现。如果一旦发现这种关联，许多"剪不断，理还乱"的线头就会一下清晰起来，就如武侠小说中写的七经八脉被一下打通，气息悠长，贯通不绝。

循着这一思路我惊奇地发现，以上四种观点都有道理，只是不同时期突厥先人游荡在不同区域罢了。我们不妨这样设想——突厥起源于咸海周边的塞人，受到公元前四世纪亚历山大东征军团的压迫，部分塞人东迁漠北，在草原上建立了位于匈奴北部的索国（呼揭）。直到晋代，塞人所建的索国才销声匿迹。

索国后裔人数不多，最早的首领叫阿史那，他们长期游牧在寒气逼人、野狼出没的叶尼塞河上游一带，习惯于住毡帐、食畜肉、饮马奶，崇尚武力，以战死沙场为荣，是一个以狼为图腾的游牧部落。

阿史那氏东迁后尽管一再与杂胡融合，但直到突厥汗国建立时依然保持了蓝眼、赤面等固有特征。史书上说，木杆可汗是个面庞发红，眼若琉璃，用绸子扎着长发的彪形大汉。

后来，阿史那氏从漠北南迁到平凉，被称为平凉杂胡和匈奴别种。公元439年，阿史那氏随北凉残部沮渠氏西渡大漠，进入鄯善、高昌。公元460年，柔然灭亡了北凉沮渠氏，阿史那氏被迫迁移到高昌的北山（今吐鲁番博格多山）。

这里春山如笑，夏山如滴，秋山如妆，冬山如睡，是一个韬光养晦的好地方。他们一边放牧，一边学会了锻冶技术。

世上本来就没有什么世外桃源。正如一位哲人所言，即使你宣称睡着了，也会遇见梦的惊扰；即使你宣布死亡了，也会遭遇狼撕虫咬；你怕走在车前，被车马追逐，但当你走在车后，又会惹得满面尘土。

公元516年，柔然灭亡了高车，顺便把过着优哉游哉生活的阿史那部落赶出了北山，逼迫其首领阿贤设及所属五百户迁居金山（阿尔泰山）南麓，成为专门为柔然打制武器的"锻奴"。因金山形似古代战盔，俗称突厥，所以阿史那部落从此被称为突厥人。

二　草原——梦开始的地方

一颗种子破土而出，不仅要有适宜的土壤，而且要有充足的水分和阳光。

从公元487年开始，柔然与高车相互征战，两败俱伤，给了突厥休养生息、自由发展的空间。公元520年，柔然又发生内讧，于是突厥趁机悄悄独立，并组建了一支拥有先进装备的军队，如同海湾战争中拥有电子制导武器的美军。

"工人"出身的突厥人，不仅具有高于农民阶级的纪律性，而且具备了超越其他阶层的智慧。在扩张中，他们没有像匈奴、柔然一样仅仅依靠紧绷的肌肉与血腥的砍杀，而是武力、外交、教化三管齐下。最为难能可贵的是，他们认为，只有找到与被征服者的血缘联系，才能使征服变得永久而牢固。

公元546年，突厥人的杰出领袖土门率军东征，将五万余户高车部众收为己有，并大肆宣传宗教复兴的诱人前景，使逃亡在外的高车部落陆续归附突厥。

公元552年，他在通过联姻争取到了西魏的中立之后，联合高车将草原霸主柔然赶向西方，把蒙古草原据为己有。土门自称"伊利可汗"（意为有国家的国王），竖起了突厥汗国大旗。

真正的英雄具有那种深刻的悲剧意味：播种但不参加收获。在突厥汗国建立的次年，英雄的土门还未来得及享受权力带给自己的荣誉和惬意，便永远离开了自己魂牵梦绕的草原。

真正继承土门遗志的不是随后继任的科罗，而是科罗死后上任的土门的另一个儿子——木杆可汗燕都。

英武的木杆可汗向北吞并了契骨，向东赶走了契丹和奚人，向西两败嚈哒，以非凡的威力慑服了塞外各族。公元567年，他又请叔父室点密率十个部落西征。西征军马头所及，势如破竹，波斯、嚈哒随之消失。至此，突厥控制了东自辽海以西、西及西海（即里海）、南达沙漠以北、北及北海（即贝加尔湖）的广大地区，牙帐（可汗宫帐）建在鄂尔浑河沿岸的于都金山。

更为难得的是，汗国有了自己的文字，开创了我国游牧民族创制文字的先河。更为深刻的意义也许出乎他们意料——那就是文字在民族独立与扩张中的巨大作用和深远影响。

正因为有了突厥文字，才逐渐模糊了突厥统治区内各民族的界限，使许多讲突厥语的外族人特别是回纥人也自称突厥；也正因为有了自己的文化，才使得突厥人尽管四处流浪但陈陈相因，至今仍人脉兴旺。

木杆可汗的叔父室点密西征胜利后，在西部自立为西面可汗，使突厥天空出现了"日月同辉"的奇特景观。当室点密将西面可汗的荣誉头衔传给儿子达头，木杆可汗将突厥可汗的正统头衔传给并非亲生儿子的沙钵略可汗时，汗国局势就失控了。达头可汗于公元583年宣布成立西突厥汗国。从此，突厥分裂为东西两部，两大集团间形同水火，动若参商。

为此，隋朝采取了"远交近攻、离强而和弱"的离间政策。离间的结果，便是可汗们只知火并而无暇骚扰隋朝。中了"离间计"的突厥人像吸食了大麻一样，明明感到痛苦异常却身陷其中难以自拔。

三　种植怨恨

　　二十多年后,东突厥的"窝里斗"终于停止,上马征战者达到上百万人。在他们眼里,中原已经不那么可怕。

　　第一个吃到苦头的是隋炀帝。公元615年,隋炀帝巡幸塞北时,几乎被始毕可汗率领的东突厥军俘虏。多亏嫁到突厥的义成公主提前派使者泄露了突厥人的意图,炀帝才在突厥大军到来前狼狈逃入雁门关。突厥军队很快就包围了雁门关,隋朝军队一片惊慌,隋炀帝只是抱着儿子哭泣,连眼睛都哭肿了。他被东突厥围困达一个月之久,在附近的刺史赶来勤王时才摆脱困境,并从此意志消沉自信全失,离开京城南下江都休养疲惫的身心,直至三年后被右屯卫将军宇文化及勒死在浴室中。

　　唐朝开国皇帝李渊也一直对突厥人心存敬畏。李渊在太原举义时,派遣司马刘文静向始毕可汗求援,得到了对方战马千匹、骑兵两千的军援。具有部分鲜卑血统的李渊在建立唐朝后,被迫用重金贿赂东突厥人,甚至为了避开突厥锋芒,曾经考虑焚毁长安,迁都襄邓,并且派人察看了地形,后因儿子李世民的极力劝阻才未付诸实施。李渊在位期间,东突厥商人和使节到了中国,就像猛虎进了羊群，奸淫烧杀无所不干。而作为一国至尊的李渊始终敢怒而不敢言。

公元626年，唐太宗李世民夺得皇位才几个星期，隋末的最后一位叛乱者梁师都一头扎进了东突厥怀抱，玄武门之变中被杀的两个皇子的部下也蠢蠢欲动，这无疑是东突厥浑水摸鱼的最佳时机。果然，早有扩张野心的颉（jié）利可汗和侄子突利可汗统率十万骑兵南下。守卫泾州的李建成部将罗艺只是象征性地抵抗了一下便领兵退走，突厥骑兵长驱直入，抵达距长安二十公里的渭水边。

此时，唐朝的军力还不足以与东突厥抗衡，外交舞台成为长安的最后一道防线，而舞台上的主角，就是胆识若海边峭壁、深沉若山中幽潭的李世民。这一天，李世民只带六骑人马到达渭水边，隔水责问颉利何故南侵。颉利见李世民镇定自若，以为唐朝早有防备，便向李世民提议求和。于是，双方在渭水便桥上杀白马为盟。盟约规定，唐朝送给突厥金帛，突厥军队撤回本土。

这就是李世民一直耿耿于怀的"渭水之盟"。

四　收获报复

想不到，报复的机会居然来得那么快。"渭水之盟"签订不久，东突厥乱从内生，祸起萧墙，又因雪灾导致了饥荒。

唐朝册立薛延陀首领夷男为真珠毗伽可汗，并迅速从中原调去了大批粮草予以支援。饥饿的突厥部众纷纷投向毗伽可汗，颉利可汗被迫于公元629年公开宣称自己是唐朝的藩属。

李世民根本不予理会。他派出常胜将军李靖、李勣率十万大军从定襄（今内蒙古和林格尔以北）出击，于公元630年在阴山大破东突厥，拔掉了象征着权力和威严的颉利汗帐。情急之下，颉利投奔小可汗阿史那苏尼失。谁知颉利一到，就被苏尼失绑起来献给了唐军，突利可汗也率众投降。

颉利被押解到长安，李世民当面历数颉利的罪状，使其羞愧难当，无言以对。但李世民仍授予其官爵，赐予其田宅，待其如上宾。

你要听说过身材矮小的拿破仑如何踮着脚尖走路，就能理会颉利此时满腔的无奈和瑟瑟的酸楚。在宴会上，他常常为太宗起舞助兴；私下里，也不免面壁伤感。作为不能离开京城的政治人质，他只能在官邸中听燕子交颈呢喃，看庭前花开花落，望天上云卷云舒，在一丝寂寞、几点闲愁中了却余生。

当时，周边弱小的国家都需要在突厥衰败后找到一个新的依靠为他们撑腰，而这一依靠理所当然非唐朝莫属。公元630年，西北各部族首领到长安朝见，请求太宗接受"天可汗"的称号。

"天可汗"的帽子谁也没有见过，说穿了不过是一个称号而已，但它隐含着一种主宰万物的帝王威严，一种万邦朝宗的中心意识，一种九九归一的正统观念，一种仲裁各国之间纠纷的权力和霸气，也体现了中原和草原上最强大的势力命运的逆转。许多人说，这标志着一个草原帝国时代的终结和一个中原王朝时代的开始。

看穿了，其实没有什么人云亦云的"终结"和"开始"，有的只是一座围城的大门，作为不世之才的颉利和李世民相视一笑擦肩而过。

公元641年，李世民命颉利的部将——突厥可汗李思摩（被唐赐李姓）率十万部众北返定襄。从此，突厥在漠南，薛延陀在漠北分而治之。公元745年前后，自相残杀的突厥人被回纥部和葛逻禄部击败，白眉可汗的首级被割下送到唐朝。

之后，没有人再记得中国地盘上有一个东突厥汗国。

五　不战自乱

当唐朝忙于和东突厥征战的时候，西突厥正在专心经营着西部事务。东突厥灭亡时，西突厥已让人大吃一惊：统叶护可汗的地盘已南抵克什米尔，北达阿尔泰山，西扩到了萨珊王朝的波斯。

公元630年，统叶护可汗被部下杀死，西突厥随即沿着伊塞克湖和伊犁河分裂成了两个对立的集团：西部的弩失毕和东部的咄陆。这使得唐太宗有机会施展传统的"以夷制夷"的政策，让鹬蚌相争而渔翁得利。

尽管后来咄陆凭实力统一了整个汗国，但叛乱的种子已经播撒到西突厥每一个有可能崛起的部落。公元642年，几个部落首领不满咄陆的统治，派使者到长安要求唐太宗另选一个人做他们的首领。太宗抓住机会，册立了新的乙毗射匮可汗。结果，很快便有许多部落投到新可汗名下，咄陆被迫逃入吐火罗国避难。

一轮澄明的圆月孤悬在辽阔的西域，把一连串的绿洲城邦罩上了宝石般的荧光。失去对手的乙毗射匮可汗遣使到唐朝请婚，把塔里木盆地中的五个绿洲作了聘礼。

在咄陆垮台之际，他的手下悍将阿史那贺鲁逃亡中原，并成为陇右某州的都督。但当贺鲁听到李世民驾崩的消息后，得鱼忘筌，过河拆桥，背弃了收留他的唐朝，聚起自己的部众，向西侵入乙毗射匮的领地并将他推翻，宣布自己为沙钵罗可汗，重新统一了西突厥，并将触角伸展到帕米尔高原直至波斯边境的广阔领土上。

越来越膨胀的气球会炸掉，越来越热的水会蒸发掉。自认为对唐军了如指掌的贺鲁，多次越过唐朝边界入侵，逼迫性格温和的唐高宗不得不派兵远征。经过长达数年未分胜负的周旋，唐将苏定方终于在公元657年的伊塞克湖大战中大胜西突厥，沙钵罗逃到咸海东南的石国（今乌兹别克塔什干）。不幸的是，胆小怕事的石国把他交给了咬牙切齿的大唐军人。

入夜，大唐那阴森的牢狱死一般寂静，一丝冷冷的月光从天窗上挤进来，洒在这位西突厥可汗死灰般的脸上。他显然十分沮丧，似乎又无限后悔，整个夜晚都在辗转反侧，直到天窗抹上淡淡的晨曦。

第二天，这个俘虏主动要求到有恩于己的唐太宗的昭陵以死殉葬，但仁厚的唐高宗李治免去了他的死罪。

被征服的西突厥再次被划分为都陆和弩失毕两个部落，由唐朝的两个都护府负责看管。

六　奥斯曼苏丹

西突厥被李治征服后，群龙无首的各个部落开始闯荡天下。他们知道冒险是有代价的，但不冒险就等于慢性自杀。他们拿生命赌明天，竟然赢得了连想都不敢想的一切。

大概在十至十三世纪，西突厥的一支人马由酋长埃尔托格卢尔率领，进入辽阔而富庶的小亚细亚，依附于塞尔柱人建立的鲁姆苏丹国，封地就在塞尔柱帝国的西北边沿达达尼尔海峡周围，也就是与拜占庭帝国对抗的前线。

日后，奥斯曼帝国的编年史给奥斯曼人编造了一份血统高贵的宗谱，说他们的历史可以追溯到人类的救星诺亚。据此推理，不用说，再向上就是人类的始祖亚当和夏娃。从以后的历史可以发现，他们日后的崛起，绝非出自高贵的血统，而是出自宗教、军事和政治的根本原因，还有一个有趣的原因就是婚姻。

埃尔托格卢尔去世后，儿子奥斯曼继承的领地并不比原先大多少。奥斯曼的发迹很大程度上得益于婚姻，他的妻子是伊斯兰教苏菲派长老谢赫·艾德巴里的女儿。据记载，德高望重的长老在奥斯曼继位时，庄严地向女婿赠送了一把"胜利之剑"，还特别授予他伊斯兰教"圣战者"的桂冠，在他的头上罩上了一层神秘的光环。从此，奥斯曼高举着"胜利之剑"东征西讨，一举奠定了帝国六百年的伟大基业。此后，通过隆重的仪式颁发"胜利之剑"，成为历代奥斯曼苏丹即位时的传统仪式。

在交口称赞声中，奥斯曼于公元1300年自封为苏丹，塞尔柱人在小亚细亚的地位被取代，许多突厥部落慕名投到奥斯曼麾下。从此，奥斯曼率领"信仰武士"们开始了对拜占庭潮汐般的征讨。

小战役不过是些铺垫，真正的血战发生在公元1317年的布鲁萨城。这是拜占庭在小亚细亚北部的军事重镇，城垣坚固，易守难攻，双方僵持达九年之久。当布鲁萨城弹尽粮绝开城投降时，奥斯曼已经生命垂危。为了永久占领此地，他的遗体被安葬在该城的一座教堂中，这座教堂很快被改建为清真寺。据说他临终时，还以微弱的声音告诫儿子奥尔汉："要时刻牢记，不要残忍，因为对一个国王最有害的莫过于残暴；要主持正义，因为正义是治国根本；要珍爱学者，身边要有懂法律的学者，因为真主的法律是我们唯一的武器；要公正无私，要仁爱，要时刻保护好你的臣民，这样你就能得到真主的保佑……"

难怪有人说，哲学总是在死亡的那一刻诞生，因为这是一个人最终的也是全部的生命感悟。

奥斯曼去世后，这个高歌猛进的突厥公国就以他的名字来命名，称为奥斯曼帝国。布鲁萨城被确定为帝国的首都。建立这个国家的突厥人被称为"奥斯曼土耳其人"。

随后，他们把目光对准了西部。

七　踏平拜占庭

土耳其人征服的第一步，是残留在小亚细亚的属于基督教世界的拜占庭领土。公元 1340 年，他们渡过达达尼尔海峡，把星月旗插上了阿德里安堡、索菲亚，进而逼近君士坦丁堡。

圣地告急！直到这时，西方世界才不得不匆匆联合起来。公元 1396 年，十字军与土耳其人在多瑙河畔的尼科堡遭遇，十字军一败涂地。

胜利在望的奥斯曼帝国却突遭劫难。公元 1402 年，轻敌的土耳其苏丹巴叶济德二世被突厥人帖木儿打败并被俘身死，军队被迫从欧洲退却。但帖木儿只是昙花一现，他三年后的去世使得土耳其人重获自由，并重新开始了一度中断的扩张。

年仅二十一岁的穆罕默德二世发誓要夺取君士坦丁堡这颗"东罗马皇冠上最后的瑰宝"。公元 1453 年 4 月，土耳其人已做好了总攻的准备。这时的君士坦丁堡人口已减至七万以下，而奥斯曼帝国仅参战的军队就达八万。

尽管强弱对比十分明显，但守城将士在皇帝君士坦丁十一的领导下浴血奋战，借助于临海峭壁形成的天然屏障和金角湾狭窄入口处的粗大铁链，硬是坚持了接近六十天。奥斯曼苏丹突发奇想，破天荒地做出了让土耳其舰队翻山越岭、从陆地进入金角湾的决定。次日黎明，八十余艘战舰从天而降，海上舰队与陆上攻城部队形成钳形攻势。5 月 29 日，空前惨烈的攻守战结束了，东罗马皇帝倒在圣索菲亚大教堂的台阶上，拜占庭长达千年的帝国历史宣告结束。

随后，君士坦丁堡更名为伊斯坦布尔（意为伊斯兰教的城市），成为奥斯曼帝国的新首都。奥斯曼的疆域扩展到叙利亚、埃及、匈牙利、乌克兰，最盛时地跨三大洲，人口五千万。

拜占庭是中世纪文明的一颗明珠，它的衰亡昭示我们，如果一味躺在光辉灿烂的遗产上，无力冲破腐朽的桎梏，就会成为一个陈旧的、没落的历史文物，灭亡的命运也就难以避免。

尚且让人感到一丝安慰的是，伟大的拜占庭文明并没有完全消失，她以婚姻和宗教的方式继续传承着。拜占庭灭亡几年前，末代东罗马皇帝的弟弟托马斯的女儿佐伊同俄罗斯伊凡三世缔结了良缘。因此信仰东正教的莫斯科大公成了君士坦丁堡传统上的继承人。古老拜占庭的双鹰图案变成了近代沙俄的盾形纹掌，沙皇的宫殿也按照东罗马的东方式样重新装修。这份垂死的拜占庭帝国的奇怪遗产，以强大的生命力在俄罗斯广袤的平原上存在了六个世纪，直到最后一位名叫尼古拉的沙皇被谋杀于二十世纪初，他的尸体被投入水井，子女被斩草除根。

由于对东西交流极端敌视的奥斯曼帝国的存在，元朝时期再次喧闹起来的丝绸之路重归沉寂，这条通往东方的贸易大道从此不再为基督教世界提供新鲜的养料。无奈之下，欧洲向西寻找新的通道。

一个被称为发现的时代开始了。可以说，是君士坦丁堡的陷落，催生了大航海时代的到来，间接地把不为人知的美洲、大洋洲甚至南北极展现在我们面前。

八 "欧洲病夫"

正如灿烂的礼花总是在辉煌的顶点开始谢幕，伟大的奥斯曼帝国也是在登上巅峰的那一刻走向了寂寞。

造成帝国下滑的第一位苏丹是一名不争气的"酒鬼"。他叫塞利姆二世，懒惰、愚钝、放荡并酗酒成性。公元1571年，"酒鬼"的海军像喝醉了酒一样到处乱闯，被西班牙和威尼斯的联合舰队打败，失去了地中海控制权，这个傻子和疯子辈出的帝国开始走下坡路。

帝国之所以出现这种不正常现象，原因在于怪诞的宫廷制度。帝国后宫在阿拉伯语中叫哈然（禁地），只能供苏丹及其直系亲属、妻妾和黑人太监居住。整个后宫由两座清真寺、三百个房间、九座浴室、一座监狱组成，是令外面的人向往和里面的人心凉的"围城"。

最为血腥的是，一旦太子登基，他的兄弟必须被处死，理由是社稷不安要比丧失几十条人命更为糟糕。公元1595年，新上台的穆罕默德三世杀死了朝夕相处的十九个兄弟。但八年后，他因病去世，只剩下少不更事的两个儿子。如果按照惯例杀了一个，另一个如果出现不幸怎么办？于是，游戏规则被迫更改，用软禁在后宫的办法取代了弑兄戮弟，直到上一个苏丹死去，被软禁者方能重见天日并登上王位。

这些后来成为继承人的王子们，被幽禁在无边的黑暗中醉生梦死。他们虽然被准许娶妻纳妾，但不是被动了绝育手术，就是生下的孩子被当场弄死，导致这些王储登基后或后继无人，或因长期幽禁性格怪异。

穆拉德四世的弟弟易卜拉欣就被幽禁长达二十多年。易卜拉欣上台后，一口气赐封了二百七十九位王妃，后宫从天花板到地板挂满了珍贵毛皮，而他尤为喜爱肥胖型女子——他的爱妃塞其娅·帕拉（蜜糖块之意）体重达到九十二公斤。当"蜜糖块"投诉一名王妃与人偷情后，根本没有经过任何调查，他就下令将二百七十八名涉嫌偷情的王妃全都绑上石块装入麻袋，如同中国的西施一样被沉入湍急的河中。

好不容易盼到色鬼易卜拉欣死了，却迎来了烟鬼穆罕默德四世。他鼓励烟草种植，从波斯引进了水烟袋，和全国官员一起享受起喷云吐雾的快乐。当时的一位评论家说，烟草、咖啡、美酒和鸦片成为"享乐的宫殿里不可或缺的四张软垫"。

有如此荒唐的苏丹掌舵，奥斯曼大船焉有不沉之理？而且，广大农民和被征服民族的反抗，军事采邑制度造成的诸省各自为政，侵略政策引起的无休止的战争，使得帝国骨瘦如柴。文化上的因循守旧和顽固不化又使得骨瘦如柴的帝国气短与贫血。于是，教条主义加盲目自满加穷兵黩武使帝国陷入了劫难的深渊，希腊、塞尔维亚、罗马尼亚、保加利亚先后从奥斯曼帝国独立。公元1913年，帝国已退缩到伊斯坦布尔近郊。

当时的奥斯曼帝国被称为"欧洲病夫"，连军队都要依靠欧洲列强提供军火和指挥。这个已经羸弱不堪的巨人之所以能够活到公元20世纪20年代，不过是因为欧洲列强忙于相互争斗而已。

九 土耳其"救星"

奥斯曼帝国在自身难保的情况下，仍卷入了第一次世界大战，并且很不明智地站在了德奥一方。战争结果众所周知，奥斯曼作为战败国，不仅丧失了原有的属国，本身也面临着被协约国瓜分的现实。

在民族危亡关头，将军出身的凯末尔挺身而出，于1920年建立了由爱国者组成的国民政府，将游击队改编成了正规军。经过两年多的苦战，击退了希腊侵略军，迫使协约国于1923年与土耳其重订了《洛桑条约》，恢复了土耳其的民族独立和国家主权。1922年之后，凯末尔废除了苏丹封建制度，将护权协会改组为共和人民党。

"羔羊苏丹"穆罕默德六世与其幼子登上英国军舰逃走，奥斯曼帝国从此灭亡。1923年十月二十九日，土耳其共和国成立，凯末尔无可争议地当选为首任总统。

共和国建立后，把首都改在了土耳其中心地带的安卡拉，废除了以《可兰经》为基础的法律体系，以罗马字母代替了阿拉伯字母，取消了一夫多妻制，鼓励妇女不戴面纱并赋予她们选举权和进入议会的权力，甚至抛弃了世世代代惯用的土耳其服装而改穿西服，使土耳其变成了政府与教会分离的世俗国家，在伊斯兰世界中率先步入了"欧化"的现代社会。

旧势力的喧嚣、反扑甚至暗杀威胁，都未能动摇凯末尔的改革决心，仅仅十多年，"西亚病夫"土耳其就踏上了民族复兴之路，凯末尔也被议会授予了"土耳其之父"称号。

当时间走入近代，曾经的巨人伊斯坦布尔已成废都。尽管她已经显得衰老了，并在纽约、东京、上海等新兴强者面前露出了气喘吁吁的窘态，但她脸上的每一道皱纹都藏着一个动人心魄的故事，每一个故事都足以让人听上很久很久。

难怪到土耳其旅行的外国人的第一站，不是首都安卡拉而是这座老城；也难怪这座古老都城余晖的苍凉，在旅行者不厌其烦的底片上不断闪现。

需要知道的还有，土耳其人主要由突厥人与当地的希腊人、波斯人、亚美尼亚人长期融合而成。"土耳其"的字面含义就是"突厥"。

第八章　回纥——千里送鹅毛

　　历史学家的困境在于：如果说真话，他就会引起众怒；但如果满纸谎言，他将为上帝所不容，因为上帝明辨真伪。

——英国尊者　比德

天下没有不散的筵席。突厥的一个分支——西突厥,就这样无奈而永远地离开了中国。而帮助大唐将西突厥赶走的,就是如今中国维吾尔族的先人——回鹘。

一　千里送鹅毛

公元646年一个骄阳似火的夏日，一位少数民族打扮的人千里迢迢赶往大唐都城长安。

他叫缅伯高，是回纥可汗派出的使者，任务是前往长安进贡，贡品是一只美丽而稀有的天鹅。

回纥是一个生活在漠北的游牧部落，春秋战国时期被称为赤狄，秦汉时期改称丁零，南北朝时期更名为敕勒、铁勒、高车。其主人，也由鲜卑、柔然换成了突厥。从此，他们被迫为突厥人牵马，随突厥人出征，讲突厥语言，并随时准备把最漂亮的姑娘献给突厥主人。

高车共有六部，其中一个部落居住在今蒙古鄂尔浑河流域，名叫袁纥（hé），是今维吾尔人的祖先。另一个部落居住在今蒙古九条河地区，名叫乌古斯，是今土库曼和撒拉族的祖先。因此，维吾尔和土库曼是同胞兄弟，他们和突厥人毫不相干。

公元605年，高车各部首领按照惯例带上财物前往西突厥处罗可汗的汗帐朝贡。同样按照惯例，他们应该受到好酒好肉的招待。然而，没等他们进入汗帐，处罗可汗的士兵就一拥而上，将他们的随身物品搜刮干净。尔后，数百名高车酋长被全部阮杀。尽管这一事件没有进入大型杀戮事件的行列，但这种对朝贡者的蓄意谋杀却也创下了人类残酷兽行的惊人纪录。从此，突厥被高车的后裔永久地刻在血泪史上。

鄂尔浑河为之呜咽，大漠雄鹰为之垂泪，戈壁红柳为之变色。高车人从睡梦中醒来，义无反顾地走上了自强图存之路。各个部落迅速选出了新酋长，秘密聚会共商反叛大计，一个由韦纥、仆骨、同罗、拔野古、覆罗等高车各部组成的部落联盟——回纥随即诞生。

回纥人的第二任俟斤（qí jīn，意为领袖）名叫菩萨，出身于药罗葛氏族，勇猛而有谋略，一上战场必身先士卒，每次战争无论大小都力求全胜，得到的战利品悉数分给部下，将士无不以一当十拼死效力。公元627年，菩萨亲率五千骑兵大破十万东突厥骑兵，一鸣惊人。此后，在今土拉河上建立了根据地的回纥与铁勒的薛延陀部结为联盟，互为唇齿，共同编织起东突厥汗国的噩梦。

不久，唐朝也加入了反突厥战线，三国时期"三英战吕布"的情景再现。东突厥汗国勉强支撑了几个回合便败下阵来，或被收降，或被赶走，回纥人终于了了祖先的心愿。

战争顺利结束，大家开始分配战利品。大唐与回纥暗地达成了默契，感到吃了大亏的薛延陀公开对抗唐朝。公元646年，唐朝任命回纥首领吐迷度为总指挥，组成回纥、仆骨、同罗和唐朝联军围攻薛延陀。薛延陀多弥可汗被杀死，他的领地被回纥独占。随后，作为对唐朝助战的报答和对唐朝威望的敬仰，吐迷度等铁勒十二部首领前往长安朝觐，称唐太宗李世民为"天可汗"，实际上承认了唐的宗主地位。

像众星捧月一样，各周边民族竞相给"天可汗"进贡礼品，回纥更是不甘居人后。

缅伯高一路风尘仆仆，辛苦异常。当他在沔（miǎn）阳湖小憩时，稍一大意，天鹅居然脱手振翅而去，给他留下的只有一片鹅毛。诚惶诚恐的缅伯高叫天不应，呼地不灵，万般无奈之下，只得将鹅毛敬献给李世民，并附诗自责：

天鹅贡唐朝，沔阳湖失宝。

礼轻情义在，千里送鹅毛。

意外的是，见到打油诗和鹅毛，李世民放声大笑。

"千里送鹅毛"的故事不胫而走，为众国称道，令千古流传。

二 大漠霸主

从此,缅伯高的主子吐迷度对内自称"可汗",仿照突厥建立了回纥汗国;对外接受了唐朝的称号,承认是唐朝的属部,并经常搬出这个"主子"狐假虎威。

吐迷度的继承者婆闰还算聪明,他继承了父亲的衣钵,一边为唐朝"打工"一边扩充地盘。公元651年,婆闰率领五万回纥骑兵配合唐军打败了叛乱的西突厥阿史那贺鲁。战后,阿史那贺鲁的地盘被归到回纥名下,突厥的草原帝国地位被回纥代替。

并非所有的继承人都那么明智,婆闰的侄子比粟毒刚刚坐上汗位,便飘飘然不知其所以然起来。这位自高自大者忘记了祖训,也忘记了地盘从何而来,对大唐不屑一顾,还派出军队到唐朝边境掠夺财物,点燃了回纥与唐朝的第一次战争。

战争进程极富传奇色彩。公元662年,唐军与回纥在天山遭遇,两军列好阵势后,拥有惊人臂力和精准箭术的唐朝将军薛仁贵在阵前连发三箭,使预计射程之外的三员回纥大将全部落马,受到震慑的回纥将军纷纷下马请降,一场十万人的叛乱尘埃落定。不久,唐军中传唱起一首高亢的赞歌:"将军三箭定天山,战士长歌入汉关。"

经此不虞之变，回纥人又过起了勾头耸背、低眉顺眼的日子。他们被迫重新振作精神去对付死灰复燃的后突厥汗国。公元745年，回纥可汗骨力裴罗率军攻杀了后突厥最后的君主白眉可汗，把他的首级送往长安，一来表示唐朝后患已除，二来表明回纥归附的诚意。作为回应，唐玄宗封骨力裴罗为奉义王、怀仁可汗。

云对着池塘自我欣赏时，永远是苍白的。当他去歌颂太阳时，自己已光辉灿烂了。在大唐的呵护下，回纥在突厥故地建立了东起室韦、西至金山、南控大漠的草原汗国。他们仍以突厥中心乌德鞬山（杭爱山）为根据地，仍使用突厥文字，这或许就是西方把回纥混同突厥的主要原因了。

从此，九姓铁勒（回纥、仆骨、浑、拔野古、同罗、思结、契苾、拔悉密、葛逻禄）被九姓回纥的称谓所取代。

三 "安史之乱"前后

也许神知道什么东西最适合人，所以把天堂放在远处，把女人放在近旁。已经步入晚年的李隆基在小太监安排下，单独召见了自己第十八个儿子寿王李瑁的妃子——杨玉环。那天，丰满的她衣领开得很低，如脂的肌肤如同怒放的百合。老皇帝淹没在儿媳的美丽中，好像溺水一样窒息，爱得死去活来，根本不再顾忌什么伦理纲常，中国古代最为有名的一个年龄相差三十三岁的美丽而凄婉的爱情故事开始了。

李隆基绞尽脑汁，先是命令儿媳妇出家当了尼姑，而后又堂而皇之地招到身边册封为贵妃。为了保证可爱的贵妃吃到新鲜的荔枝，李隆基命令快马将荔枝从巴蜀涪（fú）州千里迢迢驿送长安。自认为功成名就的李隆基，从此沉迷于杨贵妃的羞花之貌，把经国大权放手交给了杨贵妃的族兄杨国忠，过起了"春宵苦短日高起，从此君王不早朝"的潇洒日子。

按照一般规律，一个王朝和平安定的时间长了，人口就会大幅增长，军队就会日益庞大，开支就会愈加膨胀，官场就会格外懒散，动乱的烽烟便悄然升起，帝国的丧钟也开始敲响，只是当局者看不到也听不到。他们看到的是形势大好，是"云里帝城双凤阙，雨中春树万人家"；听到的是歌舞升平，是"锦城丝管日纷纷，半入江风半入云"。

敲响大唐丧钟的人叫安禄山，是一名粟特、突厥混血儿，据说他曾为李隆基跳胡旋舞，献上春药"助情花"，认杨贵妃作干娘，凭借军功和权术升任范阳（幽州）、平卢（营州）、河东（太原）三镇节度使，统率着近二十万战力超强的边兵。

阿谀逢迎者像向日葵，眼睛向着太阳，根却在土壤中追寻着利益。他看到皇帝沉迷女色，武备废弛，自己有夺取皇位、揽玉环于怀中的可能，便以诛杀"不学无行"的杨国忠为名，在蓟县独乐寺起兵，发起了历时八年的安史之乱。这一事件，直接导致唐朝艳阳西落，人口由公元756年的五千二百九十二万锐减到公元760年的一千六百九十九万，迫使中原人口掀起了第二次南迁的高潮。

危难时刻，骨力裴罗之子磨延啜可汗派遣使者来到大唐，请求出兵讨伐安禄山。李隆基之子李亨已没有什么可以酬劳他们，就信口开河地承诺：你们如果出兵收复了长安，美女财物任凭你们处置。

公元756年，回纥骑兵军团越过长城向中原进发，铿锵的马蹄叩击着松软的原野，大风中的胡马长鬃像风吹起的麦浪。

他们与朔方节度使郭子仪联合荡平了参与叛乱的同罗人。次年，联合军团又向杀父自立的安禄山之子安庆绪发起进攻，杀敌十万，收复了长安。在李亨的儿子李豫的一再要求下，回纥答应等收复洛阳时再践约。李豫的理由是，如果在长安即行烧杀劫掠，洛阳民众必定恐慌，势必为安庆绪死守。

引进外援好比买保险——用不上痛苦，用上了更痛苦。洛阳被收复时，那些日夜盼望唐军的民众，却发现这支汉回联军如此狰狞。

而大肆烧杀奸淫劫掠的回纥士兵却心安理得，因为这是唐朝唯一的报酬和迟到的承诺。

占据幽州的安禄山部将史思明宣布投降。这时候，太子李亨已在前线登基。他没有犯父亲李隆基重情误国的低级错误，不但封回纥葛勒可汗为英武威远毗伽阙可汗，而且将亲生女儿宁国公主嫁给了他。李亨此举的高明之处在于，一则他走出了"狡兔死，走狗烹"的历史惯性，以至于在安史之乱又起时回纥人能拼死相救；二则史无前例地做出了嫁亲生女儿与外族的决定，让有民族成见者闭上了嘴。

花轿刚走，安史之乱又起。已投降唐朝但自感不受信任的史思明再举叛旗，于公元759年突然领兵南下，再度占领了洛阳、汴州，一年多以前几近枯萎的叛乱又变得生机勃勃。但是不久，史思明就被儿子史朝义所杀。为了彻底平息叛乱，李豫在公元762年登基后，立即派人说服回纥可汗参加对史朝义的协同进攻，条件同李亨时期的一样。

回纥、唐朝联军在洛阳城外将史朝义打败，史朝义在逃亡途中被部下刺死。洛阳夺回后，回纥出兵的条件开始兑现，市民的第二次厄运随之降临，妇女儿童在恐惧中纷纷拥向圣善寺和白马寺躲避。杀红了眼的回纥军人纵火焚烧了寺庙，一万多人被烧死，熊熊大火数月不熄。此后的一百年间，曾经繁华盖世的东都变得一片荒凉。

尽管因平定安史之乱有功，登里可汗被唐朝封为建功毗伽可汗，回纥得到了出兵前议定的"奖赏"，但出兵前后的一些插曲也严重伤害了唐朝的感情。先是身为唐军统帅的太子李适（音 kuò，意为快速）没有对前来助战的回纥可汗表现出回纥人认为得体的尊重，后来回纥人将几位劝太子保持天潢贵胄尊严的唐朝官员鞭打致死，这无疑给双方关系的未来特别是李适继位后的关系蒙上了一层阴影。

四　唐回联姻

矛盾似乎难以调和。公元 780 年，听说曾被回纥羞辱过的李适继位，登里可汗想趁唐朝忙于国哀之机发起进攻。

争执在君臣之间爆发。宰相顿莫贺达干百般劝阻无效，便利用回纥人普遍存在的厌战心态，杀掉登里自立为可汗，并向唐朝表达了捐弃前嫌、重归于好的姿态。

消息传到唐朝，在宰相李泌的一再争取下，李适终于放弃了复仇的念头，在公元 788 年把女儿咸安公主嫁给了回纥可汗。作为回报，回纥人答应帮助唐朝对抗得寸进尺的吐蕃。

就在当年，新娶了大唐公主的回纥可汗，在兴头上把回纥改称回鹘（hú），大概是不满足于在草原上纵马驰骋，而想如鹘一样在天空中回旋奋飞吧。

回鹘人并未因联姻和更名而实现奋飞。可汗病逝后，因大唐公主没有生下儿子，回鹘只得立宰相夹跌氏族的骨咄禄为可汗。药罗葛氏以外的氏族也可以当可汗，此例一开，回鹘的内乱一发不可收拾。

好在回鹘尚能从与唐朝的经济交往中受益。唐朝需要大量的马匹来对付藩镇的战争，吐蕃侵占西北又使他们失去了优良牧场，他们唯有依赖回鹘供应马匹，回鹘人借机抬高马价，一匹马要由四十段丝绸来交换。可怜长江下游的无数织女们用纤纤玉手绘就的锦绣绸缎，大多被朝廷源源不断地支付给了草原牧马人。最值得一提的是，唐太和公主于公元821年婚配给了回鹘崇德可汗，不看巨大的嫁妆，光看公主的高贵身份便让外族人羡慕得要死了。事实上，在周边民族中，似乎只有回鹘获准迎娶了真正的公主，而且达到了三次。

大海远望碧波万顷，近看却是惊涛骇浪。一方面，回鹘内部争斗不断，偶然还从宫中传出可汗被杀的消息。另一方面，回鹘西边的属部黠戛斯在叶尼塞河上游不断挑战回鹘的汗权。公元839年，他们又遭遇了百年不遇的饥荒，恰逢大雪持续数天，畜群大多冻饿而死，疫病逐渐蔓延，汗国已经岌岌可危。

五　被内奸出卖

就在发生自然灾害的第二年，回鹘将军句禄莫贺因为对当权宰相不满，为公报私仇，自告奋勇地给十万黠戛斯骑兵带路，向回鹘发出了致命的一击。

内奸终于如愿以偿，他恨之入骨的宰相掘罗勿连同回鹘履破可汗被一起杀掉。曾经无限辉煌的回鹘汗国从此灭亡，回鹘人历尽千辛万苦建造的都城哈剌合孙也被焚毁荡尽。

胡笳悲，羌笛怨，牧草衰连天。回鹘分五支南下、西迁。

南下的一支由可汗之弟温没斯和宰相赤心、仆固率领，逃到唐朝寻求庇护，被唐朝赐为李姓。

南下的另一支共十三个部族十万部众，他们挟持唐朝太和公主为人质，拥立乌希特勤为乌介可汗，南逃到河套地区。公元843年，唐军在振武城（今内蒙古和林格尔）顺利解救出了太和公主，乌介带领三千残兵投奔室韦后被宰相杀掉，他的弟弟也撇下部众投奔甘州。

西迁的主力由回鹘宰相馺（sà）职和外甥庞特勤率领，会集十五部回鹘投奔葛逻禄汗国，远迁到葱岭西部的楚河一带，被称为葱岭西回鹘，后来的黑汗王朝就是他们的杰作。

这支难民在西迁途中发生了分歧,一部分不愿远行的人由庞特勤带队,来到唐朝安西都护府辖区的别失八里(今新疆吉木萨县),以焉耆金沙岭为中心重建回鹘汗国,庞特勤也成为附近回鹘部落共同的可汗,并得到了唐朝的册封。公元866年,回鹘将领仆固俊率兵越过天山南下,攻克了吐蕃的西州、北庭,回鹘的中心转移到西州高昌,从此被称为西州回鹘或高昌回鹘。三年后,军权在握的仆固俊将庞特勤杀掉自立为可汗,原可汗子孙逃奔甘州。

西迁的另一股人马并未走远,他们在河西走廊停下了脚步,从此被称为河西回鹘,又称甘州回鹘。因其首领没有纯正的可汗血统,所以遥尊安西的庞特勤为可汗。庞特勤的后裔逃亡到甘州后,立即被扶上了可汗的宝座。新可汗与沙州归义军时而联姻,时而斗争,共同经营着这块富庶的土地。公元1028年,河西回鹘被西夏吞并,少数人逃到今青海的唃厮罗,与当地的吐蕃人杂处,被称为黄头回鹘,他们就是今裕固(意为富裕巩固)族的先人。

从七世纪中叶到八世纪末的一百五十年,回鹘的辉煌曾经如日中天。可惜,在九世纪的五十年代就慢慢熄灭了。宛如一注激昂的喷泉淹没进了死水般的池塘,再也波澜不惊。只剩下点缀其间的一片静谧的莲花,稍稍掩盖了一些沉沉暮气。不过,他们也有意外收获——那就是流浪到新疆后,逐渐融合了与他们具有相近的语言、信仰、风俗和心理状态的老住户塞人、突厥、吐蕃、葛逻禄等,最终形成了新疆的主体民族——维吾尔族。

六　皈依伊斯兰

投奔葛逻禄的葱岭西回鹘并不甘心就此沦落。九世纪末,他们联合葛逻禄人、样磨人共同建立了一个名叫喀喇汗朝的小国。喀喇,突厥语意为伟大、强大、最高,而它的原意是黑色。因此,喀喇汗朝又被称为黑汗王朝。汗帐设在八拉沙衮(今吉尔吉斯的托克马克附近)。

第一任汗王毗伽阙·卡迪尔汗死后,两个儿子分别继位:老大巴泽尔驻八拉沙衮,称狮子王,为大汗;老二奥古尔恰克驻怛罗斯(今江布尔),称公驼汗,为副汗。公元893年,萨曼王朝发动伊斯兰圣战,喀喇汗国副都怛罗斯被攻克,奥古尔恰克被迫迁都喀什噶尔。

不久,萨曼王朝伊斯玛仪汗兄弟发生内讧,伊斯玛仪汗的弟弟纳斯尔在内讧失败后来到喀什噶尔寻求政治避难。为了利用伊斯玛仪汗兄弟的矛盾打击萨曼王朝,奥古尔恰克热情接纳了这位穆斯林王子,并且委任他为阿图什地方长官。

一天,奥古尔恰克的侄子萨克图·布格拉认识了纳斯尔王子。受纳斯尔的感化，萨克图偷偷皈依了伊斯兰教，并取了阿不都·克里木的教名。算起来，他应该是喀喇汗王族信仰伊斯兰教的第一人。

千万不要低估了这位英俊少年，并认为他信仰伊斯兰教是被动的。其实，他信仰的转变包含着不为人知的勃勃雄心。果然，他一边暗中学习宗教知识，一边秘密发展忠实信徒。经过多年的卧薪尝胆，他在二十五岁时带领穆斯林兄弟成功发动了政变，推翻了自己的叔叔兼后父（父亲死后，他的母亲嫁给了这位叔叔），夺取了公驼汗的王位。

一上台，他就宣布伊斯兰教为合法宗教，号召自己的臣民皈依伊斯兰教。然而，他的号召如石沉大海，几乎没有掀起什么波浪，甚至有些佛教徒开始酝酿暴动。没办法，他只有舞动手中的权杖，开始自上而下地强制推行伊斯兰教。不久，他又发动了对八拉沙兖的圣战，打败了拒绝接受伊斯兰教的大汗。从此，伊斯兰教成为喀喇汗王朝的国教，作为伊斯兰标志的星月旗开始在这片土地上猎猎飘扬。

喀喇汗王朝强制推行伊斯兰教并疯狂迫害佛教徒的做法，引起了信奉佛教的东邻大宝于阗李氏王朝的不满。于阗国不仅支持喀喇汗王朝的佛教徒暴动，而且对逃亡于阗的佛教徒予以收留和庇护。于是，两国关系急转直下，从公元962年开始，展开了接近五十年的血腥肉搏。

战争的进程一波三折，有胜有负。一会儿你打过来，一会儿我又打回去，两国的边界线恰如一个傻子追完狗后呼呼喘气的肚子。公元1006年，喀喇汗王朝终于占领了于阗城。至此，喀喇汗王朝达到鼎盛，疆域包括今我国新疆南部、中亚东部的广大地区，首都设在八拉沙衮，陪都设在喀什噶尔。他们还将用粟特字母创制的古回鹘文改为以阿拉伯字母创制的"畏吾儿字"。

后来，契丹人耶律大石领兵西来，东、西喀喇汗王朝沦为附庸。

七　蒙古女婿

与此同时，高昌回鹘也沦为西辽的臣属。西辽在高昌回鹘派驻了一名少监，负责征税。

公元十三世纪，西域出现了比西辽更加强悍的蒙古骑兵。高昌回鹘国主巴尔术·阿而忒·的斤审时度势，及时杀掉西辽少监向成吉思汗上表归顺。公元1211年，他亲自到克鲁伦河上朝，要求做成吉思汗的第五个儿子。成吉思汗欣然答应，并且把心爱的公主阿勒·阿勒屯赏赐给了他。这位成吉思汗的乘龙快婿后来还做了蒙古西征的先锋。

估计是对回鹘人的明智选择十分满意的缘故，成吉思汗称他们为畏吾儿（意为联合、协助），原高昌旧地仍由他们统治。

巴尔术·阿而忒·的斤的后代更加知趣，他的孙子马木剌·的斤率一万回鹘勇士参加了蒙哥的合州之战。他的曾孙火赤哈儿·的斤始终站在忽必烈一边，面对笃哇、八思巴十二万联军的围攻，死守火州不降，事后被忽必烈奖赏了一名公主。他不仅赢得了和爷爷一样的英名，更重要的是同样实现了做蒙古大汗女婿的梦想。

忽必烈的外孙纽林·的斤仍然备受宠爱，他尽管没有多少战功，但还是娶到了蒙古公主，被元仁宗册封为高昌王，并世代承袭了高昌王·亦都护的名号。

到了明朝，他们的地位并没有实质性下降。温和的明朝于公元1406年设立了哈密卫，仍旧任用哈密当地的首领为各级官吏。

但他们再也娶不到皇帝的女儿。因为在明史上，我只查到了大明公主汉丽宝嫁给马六甲苏丹的记载，根本没有大明公主嫁给少数民族首领的记录，蒙古首领也先因为没有娶到大明公主还恼羞成怒地挑起了战争。

八　香妃的传说

明代，占据天山以南的，是察合台后裔所建的叶尔羌汗国。叶尔羌第三代汗阿不都克里木当政时，就同境内的主体民族畏吾儿人一样皈依了伊斯兰教。由于被伊斯兰教历史上俗称回教，畏吾儿人又被称为回人、缠回、回部，所以天山以南从此被称为回疆。

阿不都克里木是一个有想法的人，为了增强自己对伊斯兰教徒的号召力，他居然千方百计把和卓伊斯哈克·瓦力从中亚请到了叶尔羌。和卓乃是阿拉伯语音译，意为圣裔，是对伊斯兰教创始人穆罕默德后裔的尊称。

后来，伊斯哈克异母兄长的两个儿子尤素甫和阿帕克也来到喀什噶尔，从而引发了和卓之间的内讧。十七世纪七十年代，白山派和卓阿帕克被黑山派逐出喀什噶尔。情急之下，阿帕克向准噶尔汗噶尔丹求援，正中对天山南麓垂涎已久的噶尔丹的下怀。公元1678年，噶尔丹应邀出兵攻占了叶尔羌汗国，扶植阿帕克为傀儡汗。

后来，清朝出兵天山平定了准噶尔叛乱，对维吾尔人采取了明智的怀柔政策，维吾尔封建主额贝都拉被任命为哈密王，大小和卓也趁机填补了准噶尔人留下的空当。

清朝远征军派遣使节来到叶尔羌，要求大小和卓接受清朝的统治。大和卓波罗泥都同意归顺，而小和卓霍集占和各城伯克（首领之意）认为清军补给困难、无法久战，因而坚决反对归附大清。

错误的判断就要付出代价。公元1759年，清朝定边将军兆惠率远征军强行越过天山南下叶尔羌，温和派首领大和卓被生擒，顽固的小和卓则带着妻子逃进葱岭深处的巴达克山。原准噶尔汗国一百九十万平方公里的领土从此划入大清。

据说，追击"逃犯"的前线传来喜讯：小和卓被巴达克山部落酋长杀掉，他的妻子伊帕尔罕被生擒。在庆功宴上，小和卓的妻子被呈献给风流倜傥的乾隆，从而演绎出一段扑朔迷离的传奇。但襄王有梦，神女无心。据说体有异香、冰肌玉骨的"香妃"是一位崇尚自由、追求真爱的孤傲女子，那专为她修筑的伊斯兰式豪华住宅宝月楼和皇妃那荣耀无比的地位，并没有冲淡她丧夫的剧痛与离乡的酸楚，她不仅不肯就范，而且怀揣匕首以死相逼，最后是乾隆之母钮祜禄氏趁乾隆在天坛祭天，安排太监将香妃绞死在了宝月楼中。右安门内的南下洼，陶然亭北的土坡上，一座新坟掩映在荒烟蔓草中，任凭失魂落魄的乾隆默默垂泪，也给世人留下了几许悬念几多话题。笔者以为，幸亏她及时去世了。在这个世界上，有很多人死的正是时候，免受了他日的磨难和难堪，同时又成为世人心目中的童话。因为现实和理想、岁月与人的命运之间总有差距，而逝去的永远都是回忆、只有美好。

其实，以上故事纯属传说。真实情况是，香妃的叔叔和哥哥因为协助乾隆平定和卓有功，先后被封为辅国公。后来，她随同哥哥奉旨进京，因为美丽被召入宫中。在宫中生活了二十八年的香妃于公元 1788 年四月十九日去世，而传说将她绞死的皇太后此时已死去十一年。她的遗体被安葬在清东陵乾隆裕妃园寝内。

九　左宗棠西征

和卓被征服之后的平静，只是又一次风沙到来前的暂时静谧。

也许是天山南北的绿洲太神奇太富庶了，这里不但响起了俄罗斯人滑膛枪和火炮的轰鸣声，而且远隔重洋的英国人也伴着声声驼铃不期而至。公元 1865—1867 年，在英国支持下，中亚浩罕汗国大臣、塔吉克人阿古柏占领了整个南疆，建立了中国近代史上第一个外国割据政权——哲德沙尔汗国。公元 1870 年，披着宗教圣战外衣的阿古柏又相继攻陷了乌鲁木齐、吐鲁番，并先后赢得了俄国和英国的承认。就在阿古柏侵占乌鲁木齐的同时，俄国人抢先发兵占领了新疆伊犁地区，并声称为清廷代管。整个新疆面临着彻底丢失的危险。

一场有名的"海防"与"塞防"之争在朝廷爆发。

第一权臣李鸿章以新疆乃洪荒边远之地为由，执意要放弃新疆。

"我退寸，而寇进尺！"发出铮铮铁言的，是一个名叫左宗棠的湘军猛将，当时的职务是陕甘总督。

两人吵翻了天，好在慈禧太后支持了左宗棠。

清军最害怕的是军舰，但新疆没有海洋。鸦片战争的惨败，并不代表以骑兵为主的清军在陆地上没有机会。公元1876年，左宗棠在六十五岁的多病垂暮之年，接受了"钦差大臣、督办新疆军务"的重任，在一个没有风，没有月，没人送行的日子里，率六万湖湘子弟铿锵西行。白雪皑皑的祁连山下，车辚辚，马萧萧，猎猎长风卷起了已经威武不再的龙旗。军阵里，士兵们抬着左宗棠的棺材。将有必死之心，士无贪生之念。在短短一年多时间里，他们"先北后南，缓进急攻"，迅速扫荡了阿古柏并收复了天山南北一百六十万平方公里的国土。

这是晚清夕照中最辉煌的一笔，左宗棠借此昂然进入了民族英雄的序列。而且，他也进入了中国常胜将军的行列，在他之前称得上常胜将军的唯有汉朝的韩信、唐朝的李靖、宋朝的岳飞。

清军竟然回到新疆，还打了一连串久违的胜仗，这令俄国人十分吃惊、大失所望。依他过去所做的承诺，必须无条件地从伊犁撤退。俄国人实在无法拒绝撤退，却要求谈判撤退的条件。经过艰苦的谈判，声称暂时代管伊犁的俄国人总算归还了伊犁，却借机通过谈判割占了三万平方公里的土地，得到了五百万两白银的赔偿。地球上那片可怜的海棠叶又被北极熊狠狠地咬了一口。

公元 1884 年，清廷正式在新疆建省，并取"故土新归"之意将西域改称新疆，新疆军政中心由伊犁迁移到迪化（今乌鲁木齐）。1955 年十月一日，新疆维吾尔自治区成为中国五大自治区之一。

如今，聚集了绝大多数维吾尔人的新疆，与其说是中国边疆一颗璀璨的明珠，不如说是天女遗落在西域的一只花篮：阿尔泰山、昆仑山是她牢固的筐沿，中部的天山酷似花篮的提梁，两大盆地里的一千多块绿洲、八十七个县市、四十多个民族便是那五彩斑斓的鲜花。这是大自然最为矛盾、最为巧妙的创造：这里既有最为可怕、最为广袤的沙漠——塔克拉玛干沙漠、古尔班通古特沙漠、库姆塔格沙漠，也有最为诗意、最为纯美的湖泊——"西塞明珠"博斯腾湖、"月亮湖"艾丁湖、"人间瑶池"天池、童话般的喀纳斯湖，还有中国最为炫目、最为鬼魅的地貌——五彩湾里的雅丹（维吾尔语意为陡峭的丘陵）地貌。

历史把维吾尔人这样一个智慧的民族界定在祖国的大西北，实在是一种天意的搭配，正如雪山之于青松，大鹏之于长天，巨轮之于沧海。有了这样一个民族，沙海不再寂寞，大漠不再荒凉，吐鲁番有了甜美可口的葡萄，哈密有了令人垂涎的瓜果，戈壁有了展示不尽的靓妆，达坂城里有了王洛宾的情歌，天山南北有了阿凡提的故事……

新疆地下贮藏着煤炭、石油、天然气，地上生长着棉花、番茄、马牛羊。如今，美丽的新疆作为中国西部开发的一个重点，已经展开了经济腾飞的翅膀。包括所有维吾尔族在内的中华民族的发展时刻表，已经赫然悬挂在二十一世纪的门楣上，那嘀嘀嗒嗒的声响，是巨龙的心跳。

这使我想起了新中国缔造者毛泽东的诗句："一万年太久，只争朝夕！"

第九章　黠戛斯——帕米尔雄鹰

别总想着背靠大树,你就是一棵大树。

——中国中央电视台主播　白岩松

维吾尔人之所以西迁,是因为一个名叫黠戛斯的游牧部落。下面,就请读者和我一起追寻中国境内柯尔克孜族和境外吉尔吉斯人的祖先——黠戛斯的生命轨迹。

一　从李陵说起

让我们打开亚洲地图——发源于今蒙古北部的一条河流，奔腾咆哮着越过俄罗斯境内成片的草原和沼泽，从南向北一直注入浩瀚而冰冷的北海。这条河古名剑河、谦河，今名叶尼塞河。

早在秦汉时代，叶尼塞河上游就游牧着一个古老的民族，名叫坚昆，是匈奴的附庸。此后，历史居然阴差阳错地把坚昆与一名汉将维系在一起。他叫李陵，是"飞将军"李广的孙子、汉使苏武的朋友。

公元前99年，汉武帝刘彻派贰师将军李广利率领三万士卒出天山迎击匈奴右贤王，李陵被从边塞紧急召回，令他为李广利护送辎重。

作为将门之后，李陵从心底里鄙视因裙带关系得到迁升的李广利，因而分外厌烦这一跑龙套的差使，声称愿意带领一支军队单独出击，以分散匈奴的注意力。为了堵住别人的嘴巴，李陵赌气地说：

"哪怕只给我五千步卒!"

挺进千里大漠竟然使用步兵,这玩笑开得太大了吧?!刘彻可不是傻瓜,他一下就看透了李陵的心思。也许是为了杀一杀他的威风,历史上最英明的汉家天子居然主动犯了一次低级错误,给了李陵一个顺竿爬的机会。

转眼已是秋天,西风晚凉,衰草瑟瑟。李陵率五千步卒出河西,临大漠,一步步逼近匈奴的领地。冬天很快降临了,寒潮一阵阵从漠北扑来,似一声声无助的叹息。他开始对自己的赌气忐忑不安,并且预感到这可能是一个与他过不去的冬天。

谢天谢地,前期行军还算顺利,很快就抵达东浚稽山下扎营。李陵将沿途山川绘成地图,命令麾下骑兵陈步乐飞报朝廷。听到陈步乐的汇报,刘彻龙颜大悦,陈步乐被升为郎官。

历史老人说,"幸运"与"厄运"是一对孪生兄弟。就在浚稽山两座峰峦之间,李陵与匈奴且鞮侯单于迎面遭遇。

大战前的戈壁,似乎连空气都凝固了。身边拥有三万骑兵的且鞮侯单于见汉军不过数千人,而且几乎是清一色的步兵,在惊奇和庆幸之余命令全军发起冲击。李陵让前列士卒紧握盾牌长戟阻挡敌军骑兵突击,后列士兵手持弓弩伺机待发。

匈奴的战马冲不破汉军用长戟编织的坚固防线,如蝗的箭矢又被汉军的盾牌挡住，毫无遮掩的匈奴骑兵反而暴露在汉军弓箭手前面。李陵一声令下，汉军千弩齐发，匈奴骑兵纷纷落马。

眼看三万骑兵不足以制服李陵的五千步卒，单于很快又调来了三万骑兵，数万骑兵形成合围，紧紧咬住了孤军深入的李陵。

汉军且战且退，沿着龙城故道向东南冲出大泽，等到汉军在第八天撤至仡汗山峡谷时，距离边塞已不过五十公里，这支已经杀伤匈奴上万人的军队尚存三千人，但是箭矢射尽，兵器尽毁。而且匈奴占据险要地段投掷岩石，汉军再也无法前进一步。入夜之后，李陵独自一人提刀出营查看敌情。但见篝火熊熊，人影绰约。

从不服输的李陵肠子都悔青了：连小儿都懂得大漠征战必用骑兵，自己怎能拿步兵的生命作赌注呢？回营之后李陵果断下令：突围！分散突围！活下来的人到遮虏障会合！

沉沉的夜幕挡住了战士回望祖国的视线，但挡不住他们求生的渴望。夜半时分，汉兵提着卷刃的刀剑奉命突围。幸运的是，有四百余名分散突围的壮士得以逃回汉塞。李陵本想孤身突围，却有数十名壮士死活不离左右，反而使他成为敌人截击的目标。李陵直战到身边没有一兵一卒，才长叹道："再也无颜回报陛下！"于是投降。有感于此战金崩玉溅般的悲怆，唐代诗人陈陶感喟不已：

誓扫匈奴不顾身，五千貂锦丧胡尘。

可怜无定河边骨，犹是春闺梦里人。

败讯传到京城，李陵的部下陈步乐挥刀自杀。

二　多嘴的司马迁

长安未央宫，一个阴云笼罩的上午，刘彻召集群臣为李陵定罪，太史令司马迁在一旁记录。

令司马迁意外的是，文武大臣的意见居然出奇地一致。因为在逃跑、投降还是自杀的问题上，中国与西方一向有着截然相反的价值标准。

中国人可以原谅逃兵，却绝不原谅降兵。而西方人认为，在无力抵抗的情况下既不逃跑也不自杀，而是向敌人投降，一来尽到了军人的责任，二来可以保存最为珍贵的生命，并不算什么可耻之事；而临阵脱逃则是逃避军人的责任，是军人最大的耻辱，应该受到道义的谴责和军法的严惩。这也就是二战中西方战场降兵多逃兵少，中国战场降兵少逃兵多的深层次原因。因此，临阵退却的李广利毫发无损，无奈投降的李陵却要遭受口诛笔伐。

其实，司马迁与李陵并无交情。但听到大臣们一个个莫名其妙的表态，司马迁实在看不下去了，便错步上前说，李陵只有五千兵马却杀敌上万，足以告白天下。至于不肯马上自杀，必有原因。

只知舞文弄墨的太史令太不了解刘彻了，他可是一位典型的专制帝王。按照他的逻辑，为了帝国的名声，被围的将军只能战死或者自杀。也许刘彻意识到，太史令不仅想为李陵说情，而且暗示了对皇亲李广利的不满，于是将司马迁以"沮贰师"的罪名革职下狱，后以"污罔罪"对其实施了惨无人道的腐刑（阉割）。

在君权至上的年代，人权是一个奢侈的话题。羞愤交加的司马迁几乎自杀，后来他在痛苦中感悟到，假使他这样地位卑微的人死去，在达官贵人眼中"若九牛亡一毛，与蝼蚁何以异"（成语"九牛一毛"由此而来）？

于是，他以失明的左丘明、膑刑的孙膑、流放的屈原和潦倒的孔丘自励，倾毕生心血著就了中国首部纪传体通史——《史记》。正是这种不屈不挠的精神，才使得"大势已去"（古汉语中人和动物的睾丸叫势）的他能够重新站在历史的峰巅呼啸："人固有一死，或重于泰山，或轻于鸿毛！"

后来，匈奴传来了李陵帮助匈奴操练兵马的消息（后来证实是另一位投降者李绪所为）。于是，刘彻下令对李陵灭三族（源于商代的一种酷刑,指灭父母子三族或父兄子三族)。

事情到了这种地步,李陵再也无颜南归。苏武归汉前,李陵设宴饯行。在席上,李陵再也抑制不住满腔的冤屈与悲哀,长歌当哭,为老友也为被泪水染黄的汉史留下了一首著名的《别歌》:

径万里兮度沙幕,为君将兮奋匈奴。
路穷绝兮矢刃摧,士众灭兮名已隤(tuí)。
老母已死,虽欲报恩将安归!

哀莫大于心死,悲莫过于无志。万念俱灰的李陵公开将李绪刺杀。有感于李陵的大义与刚烈,单于不仅没有追究李陵,反而将公主嫁给了他,封他为右校王,封地就在匈奴最北端的坚昆。

之后,李陵来到遥远的坚昆,如一棵没有灵魂的野草,籍籍无名地度过了人生最后的二十余个春秋。从此,红发绿眼的坚昆人中的黑发人被认为是李陵后裔,就连他们也自称是都尉苗裔。

三 四十个姑娘

坚强和坚韧是人生的两支笔,交错着写下民族的欢笑与泪滴。作为一个微不足道的袖珍部落，坚昆一直忍气吞声、随遇而安。他们的主子，先是匈奴，继而柔然，然后是突厥人。这位新霸主胃口很大，他不再满足于武力上的征服，而且试图通过语言和血统将契骨（坚昆的新名称）彻底融合。

突厥可汗借用中原人发明的"和亲"，将女儿许配给了契骨首领。按照游戏规则，契骨首领的女儿也应该嫁给突厥可汗。但强者和弱者之间哪有什么平等可言，契骨首领已经成为突厥可汗的女婿，比自己小了一辈，突厥可汗能容许自己的女婿再成为自己的岳父吗？

结果，契骨首领碰了一鼻子灰。好在，突厥西面可汗室点密很给面子，将契骨公主娶进了汗帐。

一天，室点密设宴招待远方的客人。酒兴一高，居然随手将契骨公主作为礼品馈赠给了东罗马使者。

还有比这更大的侮辱吗？但正如尼采所说，受苦的人，没有悲观的权力。他们只能唾面自干，韬光养晦。

也许为了洗去满身的晦气，到了唐代，契骨取了一个诗意的名字——黠戛斯。

"黠"意为四十，"戛斯"意为姑娘，黠戛斯显然是指四十个如花似玉的姑娘。据说，最初有四十名汉女嫁给了契骨男子，黠戛斯因此得名。

读到这里，你还对黠戛斯女人个个天生丽质有所怀疑吗？

四　认祖归宗

按说，东方的中国改姓李唐，对于饱受压榨的黠戛斯来说应该算一个福音，因为坚昆中有李陵后裔。

但愚钝的黠戛斯首领仍昏昏沉沉地率部死拼。公元 630 年，东突厥汗国灭亡，铁勒系列的薛延陀部在原东突厥汗国以北建立了薛延陀汗国。于是，黠戛斯的头上又骑上了薛延陀，薛延陀派出一名颉利发到黠戛斯监国。

十六年后，薛延陀汗国灭亡，李世民成为各族公认的"天可汗"。历史终于给了黠戛斯人认祖归宗的机会。

时隔两年，黠戛斯俟利发（最高首领）方才抱着试一试的心理，亲自到长安朝觐。可以想象，太极殿一定挂上了彩灯，大臣们一定换上了新装，妃子们一定打扮得花枝招展。

黠戛斯俟利发失钵屈阿栈递上去的名帖上赫然写着自己姓李，饱读史书的唐太宗也认为坚昆中有李陵后裔。

唐太宗亲自走下龙椅，与失钵屈阿栈推杯换盏，碰杯声、欢笑声、歌舞声响成一片。直到这时，俟利发才后悔自己来得太晚了。

一切如约进行。唐朝破例在黠戛斯设立了坚昆都督府,任命失钵屈阿栈为左屯卫大将军兼坚昆都督,黠戛斯地区正式纳入了唐朝版图。

接下来,是一段"上疆场,彼此弯弓月,流遍了,郊原血"的历史。在黠戛斯身边,新生了一个令人生畏的游牧巨人回纥(后称回鹘)。

公元758年,回纥汗国大败黠戛斯,黠戛斯俟利发阵亡,大量牲畜被回鹘夺走,黠戛斯被回鹘征服。

按照"多米诺骨牌"效应,要叠一百万张骨牌需耗时一个月,但推倒骨牌只消几分钟。不到一个世纪,四面树敌、内讧不断的回鹘便走向了衰亡。

公元840年,饥荒和疾病又蔓延了回鹘全境,回鹘将军句禄莫贺又投奔黠戛斯并愿做攻击向导。

面对天赐良机,已经自称可汗的黠戛斯阿热决定果断出手。随即,黠戛斯出动十万骑兵,自北向南对日薄西山的回鹘汗国发动了致命一击,刚刚被扶上汗位的履破可汗掉了脑袋,回鹘都城哈剌合孙被付之一炬。

在灭亡回鹘一战中,一道难题摆到了黠戛斯军队面前。在俘虏中,他们发现了回鹘崇德可汗的遗孀——唐朝太和公主。

将军们争执顿起：有人说，既然她嫁给了回鹘就是我们的敌人，应该杀掉；也有人说，尽管她嫁给了回鹘，但仍然和我们一样姓李。黠戛斯可汗冷静地采纳了后者的意见，派遣十名强悍的士兵护送公主回到了诀别二十三年的长安，在沉闷已久的大唐朝野激起了多彩的浪花。

因为随着最后一位公主的回归，笼罩在大唐心头多年的回鹘阴霾终于散尽。

回鹘逃走后，黠戛斯成为漠北的雄长，汗国疆域东至贝加尔湖，南邻吐蕃，西南接葛逻禄，拥有部众数十万，军队八万人。在统治了西域部分地区后，少数黠戛斯人开始向中亚迁移。

作为护送太和公主回归大唐的回报，唐宣宗李忱于公元847年派使臣出使黠戛斯，封其可汗为"英武诚明可汗"。

大唐与黠戛斯两个"李姓国家"，共同照亮了九世纪的世界东方。

五　既弯之，则安之

人们任何情况下都不能把希望寄托在别人哪怕是上帝身上，因为上帝也有打盹的时候。

在中国历史上写下浓重一笔的大唐终于走到了尽头，它如同一头轰然倒地的大象，被像秃鹫一样执掌兵权的节度使和太守们分食了帝国的每一块领土，中国又一次陷入了空前的分裂。

此后，互不服气的军阀们建立的五代十国，以及为了避免军阀割据而让一伙手无缚鸡之力的文官掌管军队的宋朝再也无力染指草原。失去后盾的黠戛斯，被迫在十世纪初将霸主的皇冠无奈地交给了新生的契丹，黠戛斯的名称也被契丹改成了辖戛斯。

既弯之，则安之。弯其实是一种策略，一种境界。还是老子说得好：曲则全，枉则正，洼则盈，敝则新，少则得，多则惑。

公元931年，黠戛斯派使者到契丹朝贡，正式承认是契丹的属国。契丹没有难为黠戛斯人，只是在那里设立了一个象征性管理机构。

须知，生活里是没有观众的。十三世纪的一天，草原上又响起蒙古汗国的铿锵蹄音。已改名吉利吉思（后译作吉尔吉斯，意为草原上的游牧民）的黠戛斯人连蒙古人影都没有见到，就被成吉思汗在建国大典上封给了豁儿赤。

公元1217年，成吉思汗派术赤征服了吉利吉思，并派炮兵留驻此地以示威慑。吉利吉思三个部的部长望风而降。此后，这里又被转封给了成吉思汗的幼子拖雷。

公元1270年，忽必烈在此设立了吉利吉思五部断事官。终元之世，吉利吉思一直归蒙古统辖。

老天总是皱着眉头，这个民族前行的路总是泥泞而沉重，每行进一步，总要伴随着苦涩的泪，惨重的血。

元朝灭亡后，瓦剌首领也先于公元1439年对吉尔吉斯人发动了突袭。面对突如其来的灾难，部分不甘屈服的吉尔吉斯人被迫从叶尼塞河上游向西南迁移，辗转来到楚河、塔拉斯河一带避难。

被称为中国三大英雄史诗的《玛纳斯》中"伟大的进军"一节，就描写了被也先击败的吉尔吉斯人从阿尔泰山挺进西南的悲壮场景。

十七世纪四十年代，叶尼塞河流域的吉尔吉斯人开始归属日益强大的蒙古准噶尔部，被准噶尔人起名布鲁特（高山居民之意）。

后来，准噶尔汗为避免吉尔吉斯人与沙俄发生冲突，强迫吉尔吉斯人从叶尼塞河上游河谷地区西迁到伊塞克湖附近，开始了吉尔吉斯历史上最大规模的一次迁徙。

这支吉尔吉斯主力与此前到达中亚天山地区的吉尔吉斯人会合后，固定地分布在西起费尔干纳的忽毡，东至喀什噶尔，北起楚河、塔拉斯河中游，南至帕米尔阿赖山一带。

至此，吉尔吉斯民族共同体最终形成。

六　沦落在枪炮下

谁自称为巨人，就意味着被打倒的日子不远了。十八世纪中叶，目空一切的准噶尔被大清击败。

公元1758年，清军深入伊塞克湖、塔拉斯河、楚河一带追捕准噶尔逃亡势力，向在此游牧的吉尔吉斯首领宣读了乾隆皇帝的招抚谕文，吉尔吉斯各部纷纷臣服。

次年，大清在平定了大、小和卓后，派侍卫赴安集延等地招抚吉尔吉斯人和浩罕统治者。浩罕以东的吉尔吉斯地区全部归属大清。大清规定，布鲁特大小头目原职不变，由清廷赐以二品至七品顶戴。布鲁特每年向大清进贡马匹，大清每年回赠绸缎和羊只。布鲁特各部从此成为大清的西北屏障之一。

在信义和权利发生矛盾时，被抛弃的往往是信义。

十九世纪二十年代之后，被大清从准噶尔铁蹄下解救出来的浩罕汗国，趁清朝无暇西顾之机侵入了大清领地，征服了已经臣属大清的吉尔吉斯人。

更加令人胆寒的是，在中亚各部纷争中，突然介入了一个凶神恶煞的外来者——俄国人。当大炮和火器成了日后为建立永久殖民地开路的俄国军队的标准军事装备之后,以弓箭、长矛、战斧、狼牙棒、腰刀、套索乃至匕首等原始武器为主的游牧部落永远失去了军事优势,甚至失去了决定自己命运的权力,中亚这个世界史上强有力的角色因而终结。

公元 1864 年,俄军的炮火轰塌了浩罕汗国。同年 10 月,沙俄以《中俄北京条约》第二条"西疆尚在未定之界"为借口,迫使清廷签订了《中俄勘分西北界约记》,割占了中国西北四十四万多平方公里的土地。根据条约规定,在被割占地区游牧的吉尔吉斯部落也因"人随地归"而为沙俄所有。

公元 1876 年,俄罗斯改浩罕汗国为费尔干纳省,浩罕境内的吉尔吉斯地区并入俄国版图。

公元 1881 年,依照《中俄伊犁条约》,尽管中国收回了伊犁,但失去了包括部分吉尔吉斯地区在内的伊犁以西的大片土地。三年后,沙俄又逼迫清政府签署了《中俄续勘喀什噶尔界约》,堂而皇之地强占了阿赖及什库珠克帕米尔吉尔吉斯人地区。

这还不够,俄国和英国经过秘密谈判,于公元 1895 年背着清朝签订了私分帕米尔的《英俄协议》,南部的瓦罕帕米尔"划归"了日不落帝国,其余的大部分"划归"了北极熊。中国新疆极西地区帕米尔约一万平方公里的领土被沙俄与英国瓜分。

对于这一私分中国领土的强盗协定,历届中国政府从来就没有承认过,中国地图一直将帕米尔地区边界标为"未定界"。

现在郎库里帕米尔的一部分和塔克敦巴什帕米尔仍属中国,瓦罕帕米尔属于阿富汗,其余帕米尔的大部分属于塔吉克斯坦。

七　柯尔克孜雄鹰

如果心有脚,回家的路就不会遥远。

英俄私分帕米尔后,不少依恋祖国的吉尔吉斯人冲破沙俄的阻挠,成群结队返回祖国。一位被称为吉尔吉斯雄鹰的青年走进了我们的视线。

这是一位名副其实的吉尔吉斯英雄,他叫伊斯哈克拜克·木农阿吉,公元1902年生于新疆乌恰县,二十三岁赴苏联求学,回国不久就因宣传革命被关进了黑暗的牢狱。

公元1933年,盛世才与马仲英激战正酣,东突厥斯坦伊斯兰教共和国在喀什成立。

国有危难时,刚刚出狱的伊斯哈克拜克挺身而出,在乌恰山区迅速组建了一支精锐的爱国骑兵。

第二年,败逃南疆的马仲英部顺便将分裂分子赶出了喀什。慌不择路的分裂分子逃入乌恰山区，掉进伊斯哈克拜克骑兵的伏击圈，结果被一扫而光。

有感于境内吉尔吉斯兄弟的爱国热情，新疆省政府于公元 1935 年正式确定，将吉尔吉斯民族的名称译写为"柯尔克孜"，以区别于苏联境内的吉尔吉斯人。

伊斯哈克拜克同伪装进步的盛世才走到了一起，担负起了边防巡查任务。由于伊斯哈克拜克治军有方，职务也由团长提升为旅长，气量狭小的盛世才再也容不下这个比自己小十岁、威望直线上升的手下。

公元 1940 年，盛世才突然宣布将他解除军职，调往伊宁担任哈柯文化会会长，并派特务暗中监视。

公元 1943 年，也就是毛泽民被盛世才杀害的当年，伊斯哈克拜克秘密潜回南疆，在塔什库尔干发动了武装起义，矛头直指公开反苏反共的盛世才。

次年，伊犁、塔城、阿勒泰三区革命爆发，他先后任民族军副总司令、总司令等职，亲自指挥了著名的精河——乌苏战役，显示出了杰出的军事指挥才能，被民族军授予了中将军衔。

新疆各族人民参加的"三区革命"，牵制了国民党武装，在客观上为新疆解放提供了便利。因而，中共中央于公元 1949 年八月派代表邓力群来到新疆，递交了毛泽东给三区人民政府的电函，邀请他们派代表赶赴北平，共商建国大计。

收到电函后，三区政府决定派出由阿合买提江（维吾尔族）、伊斯哈克拜克（柯尔克孜族）、阿巴索夫（维吾尔族）、达列力汗（哈萨克族）、罗志（汉族）五人组成的代表团，秘密赶赴北平参加全国政协会议，三区方面的工作则由赛福鼎主持。

按照事先制订的精密计划，五名代表由伊宁乘汽车顺利启程，然后乘坐苏联飞机从阿拉木图直飞赤塔。

当飞机行进到贝加尔湖上空时，强大的气流使飞机失去平衡，飞机如脱缰的"野马"撞在巴依喀勒山上，机上人员全部遇难，时间是八月二十六日。

噩耗传回家乡，连绵的帕米尔高原为之垂首，滚滚的叶尔羌河为之呜咽，古老的丝绸之路为之落寞。

云聚天低，残阳如血，荒冢漠漠，寒山隐隐，柯尔克孜民众沉浸在哀恸中难以自拔。

所幸，五年之后，柯尔克孜自治州正式成立，也算告慰了伊斯哈克拜克不死的英灵。

今天的柯尔克孜族，主要居住在新疆克孜勒苏柯尔克孜自治州，另有一部分居于阿克苏、喀什、伊犁、塔城等地，而黑龙江省富裕县少量的柯尔克孜人则是公元 1733 年从叶尼塞河上游东迁的黠戛斯老居民。中国境内的柯尔克孜人已近十五万。

第十章　契丹——铁国、铁族与铁骑

人类历史上没有长盛不衰的帝国，犹如没有永远富有的家庭一样。

——中国学者　邹牧仑

前一章已经讲到，大唐这棵大树一倒，失去后盾的黠戛斯被迫将草原霸主的皇冠无奈地交给了新生的契丹。接下来我要介绍的契丹，是东胡的一个分支。

一　白马青牛的传说

说的是一位英俊少年，骑白马沿土河（老哈河）东行，在西拉木伦河与土河交汇处的木叶山，遇到了一位乘青牛的美丽少女，少男少女一见钟情，在青山绿水间互诉爱慕，以天地为证结为夫妻，他们的后代就是契丹。

契丹早期首领奇首可汗生有八子，其子孙人丁兴旺，逐渐发展成了悉万丹、何大何、伏佛郁、羽陵、日连、匹絜、黎、吐六于八个部落。辽代，神圣的木叶山还供奉着奇首可汗、他的妻子和八个儿子的圣像，并以白马和青牛献祭。

对此，有人质疑说："历史是蒸馏了传说的作品。"我何尝不明白这一平常得不能再平常的道理呢？但是，在这里我要规劝那些严谨的史学家，千万不要考证各民族远古传说的真实性，那绝对是一件费力不讨好的差使。因为每一个民族，都希望有一个浪漫而神奇的开始。

不容置疑的是，契丹是鲜卑的旁支，在葛乌菟部落酋长莫那的率领下离开故土来到辽西。

公元 344 年，莫那部落被前燕击溃，整个部落一分为三退走，一支是后来建立了北周的宇文鲜卑，另两支：库莫奚（指被俘为奴的人）、契丹一同逃难到松漠之间。

公元 388 年，北魏又出兵西拉木伦河，将库莫奚和契丹强行肢解——库莫奚被安置在松漠西部，契丹被分割在松漠东部。

当时的契丹人以马背和帐幕为家，逐水草放牧，随季节迁徙。有一首诗形象地再现了契丹的生活场景：

行营到处即为家，一卓穹庐数乘车。

千里山川无土著，四时畋（tián）猎是生涯。

二　开国元勋

在唐朝版图上，有一个名叫松漠都督府的区域。契丹人就安全地生活在这里。突厥人拉拢过他们，但是没用，他们更倚重唐朝。唐朝也很给面子，将几个公主送给了他们。唯一的不愉快是公元 745

年，一位唐朝新娘被无辜地杀害，唐玄宗派节度使安禄山将他们一顿猛踹。

有了被淋成落汤鸡的教训，方能养成出门带伞的习惯。

契丹人在被安禄山重创后学会了忍耐，开始习惯与周围的民族和平相处，并将新的草原霸主回鹘奉为宗主。因为他们明白，小鸡是从蛋里孵出来的，不是把蛋壳打碎得到的。

他们在等待。

终于，民族英雄阿保机闪亮登场。他出生于迭剌部贵族家庭，幼年就"拓落多智，与众不群"。

公元901年，二十九岁的阿保机成为迭剌部的夷离堇（jǐn），担负起了领兵打仗的重任，攻必克，战必胜。两年后，他被推举为握有联盟军政实权的于越。又过了三年，契丹可汗痕德堇在临终前留下遗嘱："汗位不再按惯例传给遥辇氏了，还是让治军有方的阿保机接班吧！"

公元916年，阿保机接受了众臣所上的"大圣大明皇帝"尊号，定国号契丹（意为镔铁）。从此，契丹称国家为"铁国"，称部落为"铁族"，称军队为"铁骑"。铁流千里，所向披靡，以至于当时的欧洲只知契丹，不知中国。在整个斯拉夫语世界中，至今还用契丹来称呼中国。

他宣布将自己所属的迭剌部和前可汗氏族遥辇氏八部统统改称耶律氏，从而斩断了内乱的根源；将与迭剌部和遥辇氏八部通婚的部落都改称萧氏，这也是多数皇后都姓萧的原因；下令在西拉木伦河以北的临潢，建造规模宏大的皇都；又命令大臣仿照汉字偏旁，创造了契丹大字；后来又借鉴回鹘的拼音文字，发明了契丹小字；出台了契丹最早的法律"决狱法"，立长子耶律倍为太子，设置了中央和地方官吏，形成了五脏俱全的契丹政权。

阿保机并不满足于统治荒芜的草原。夺取河北，挺进中原，建立不朽功业才是他梦寐以求的夙愿。

他首先集中兵力征服了契丹以北的乌古、党项诸部，然后大举西征，使西部各族纷纷表示臣服。接着，发兵东进灭掉了渤海国，改渤海国为东丹国，册封皇太子耶律倍为东丹王。高丽、靺鞨自动归降。接下来，应是跃马横刀逐鹿中原了。

可能凡是英雄都志向无涯而生命有涯吧，所以遗憾总是与英雄相伴。豪情万丈的阿保机在班师回国途中突染重病，在刚刚被征服的扶余城永远合上了眼睛。临终前仍手指南方，心有不甘。

我们仿佛听到历史老人的一声长叹，余音袅袅，悠长而深远。

三　如日中天

阿保机死后，皇位应无可争议地传给太子耶律倍。

但事实并非如此。耶律倍温文尔雅，是一位用契丹文和汉文写作的作家，一位拥有大量私人藏书的藏书家，还是一位造诣颇深的画家，他的作品《千鹿图》和《猎雪骑》后来成为宋朝皇室的收藏品。他表现出的崇尚中原文化、倾心汉法、不恋骑射的习性，与契丹的传统习惯相去甚远，更与左右局势的阿保机遗孀的意愿大相径庭，这恐怕是他的皇位继承权最终被剥夺的主要原因。

其实，耶律倍不必太过伤心，翻开历史就可以发现，有成就有魄力的君王如刘邦、李世民、朱元璋都是不太读书的人，这也应了一位领袖的话："读书多的人，把国家搞不好，李后主、宋徽宗、明朝的皇帝，都是好读书却把国家搞得一塌糊涂的人。"

阿保机的遗孀述律氏在阿保机生前就拥有巨大的权力，掌握着属于自己的二十万骑兵，当阿保机外出征战时，她就是当然的后方主帅。阿保机下葬时，虽然有三百余名后妃和奴隶被埋入陵墓，但她却拒绝按习俗陪葬，因为她宣称幼小的儿子还需要她来调教。为了表示姿态，也为了堵住男人们的乌鸦嘴，她砍下自己的右手放在阿保机的身边，自己则活下来担任摄政。

在舆论平息后，述律氏有意选择相貌威武、娴于骑射、战功卓著的次子耶律德光继承皇位，在排除了反对废长立幼的大臣之后，她于公元927年导演了一出"民主选举"的好戏。

一天，她命令太子耶律倍和元帅耶律德光乘马立在帐前，将文臣武将集中在帐中，然后对众人说："我对两个儿子都十分疼爱，但不知让谁继承汗位为好，我现在将决定权交给你们，你们拥护谁，就去为谁牵马吧。"

这是一次典型的公开选举，如果没有什么猫腻和暗示的话，其意义绝不逊色于西方国家的总统大选。然而遗憾的是，几乎每一个大臣都明白皇后的意图，这简直就是秦朝赵高"指鹿为马"的翻版。结果拥有法定继承权的太子被冷落，大家纷纷走到耶律德光马前牵起缰绳。然后，皇后似乎不太情愿地宣布："大家都拥护德光，我也不好违背嘛。"

好戏顺利落幕，意外地当上皇帝的耶律德光为报答母后的举立之恩，特为述律氏在断腕处建立了"断腕楼"，定太后生日为永宁节。而耶律倍失去继承权后，心中愤愤不平，于是携带侍臣四十余人，从海上乘舟逃到中原，在后唐开始了郁郁寡欢的流亡生活。

耶律德光南下的雄心不亚于父亲，他一直积极备战，随时准备大举南侵。看来，机遇往往垂青那些勤奋而果敢的人。公元935年，后唐皇帝李从珂指挥军队向后唐河东节度使石敬瑭发起进攻。当天夜里，石敬瑭就将一道降表呈送耶律德光，以向契丹称臣称子、割让幽云十六州为条件，乞求契丹发兵救援。面对送上门来的好事，耶律德光心中窃喜，于是亲率五万骑兵经雁门关南下，与石敬瑭的军队一起在太原附近大败后唐中央军团。第二年，石敬瑭成为由契丹册封的后晋皇帝，契丹也按约得到了垂涎已久的幽云十六州。

后晋皇帝石重贵上台后，对契丹只称孙而不称臣，耶律德光一怒之下亲率十五万铁骑大举南侵，迫使石重贵开城投降。

公元947年初春的一天，契丹人举行了盛大的入城式。耶律德光骑着高头大马进入开封，他身后是上百个目不斜视、耀武扬威的将军，然后是成千上万手持弯刀、满脸骄横的骑兵。在后晋宫殿里，耶律德光宣布建立大辽（意思仍为镔铁），以汉皇的礼仪接受了百官朝贺，表示自己是全中国的皇帝。

四　巾帼女杰

当一个人脸向着太阳的时候，就看不见自己的影子了。辽太宗耶律德光在东京登基后，命令契丹军队以"打草谷"牧马为名，四处掳掠，自筹给养，使周围百里成为不毛之地，从而激起了当地民众的拼命反抗。占领开封仅仅三个月的辽太宗，被迫以"避暑"为名挟裹着府库珍宝和宦官宫女仓皇北还。大队人马走到栾城（今河北石家庄南），辽太宗突然暴病而死，终年四十五岁。

太宗一死，辽国内乱便接踵而至。第三任皇帝耶律阮（耶律倍的长子）、第四任皇帝耶律璟（耶律德光的长子）先后被刺杀。直到耶律贤（耶律阮的次子）登上皇位，朝廷才安定下来，但他因小时候亲眼看见了父亲被杀而落下了神经衰弱的毛病，经国大权便渐渐落到了一位漂亮女人手中。

她叫萧绰，乳名燕燕，北院枢密使兼北府宰相萧思温之女。十六岁进宫后，便以美貌、睿智和显赫的出身赢得了龙心，被意外地立为皇后，并允许替力不从心的丈夫处理政务。一般的程序是，军国大事先由燕燕召集契丹和汉族群臣共同议定，然后再告知皇帝。时间一长，燕燕便得心应手地处理国务，而皇帝也能毫无干扰地硬撑着身体到深山野岭中游猎。公元982年，三十五岁的耶律贤病死在游猎途中。他在临终前立下遗嘱："长子耶律隆绪继位，军国大事听命皇后。"

圣宗耶律隆绪即位时才是十二岁的娃娃，而总摄朝政的承天皇太后萧绰刚过三十岁，正处于意气风发、风姿绰约的年龄。直到公元

1009年太后仙逝，辽国真正的权力始终掌握在萧绰手中。

花并不是为了美丽才开放，那只是为繁殖后代实施的一个计谋。为了将大臣掌握在股掌之中，她机关算尽。她把侄女嫁给了北院枢密使耶律斜轸（zhěn），使其对自己忠心不贰；她将圣宗的坐骑换给了于越耶律休哥，使之感激涕零；对于汉人出身的南院枢密使韩德让，她干脆以身相许，并赐其耶律姓，使其名正言顺地出入宫闱，与己常偕鱼水之欢。美丽的萧太后用过人的手腕，稳住了群臣，也使圣宗的统治地位日益巩固。尽管如此，太后仍事必躬亲，即使有时把圣宗带在身边，也不过是让他长长见识。

但她的事必躬亲并没有造成圣宗的无能，因为她对儿子要求极严，使圣宗有时间学文习武，从而成长为一名"英辩多谋、神武绝冠"的明主。这是一个从来不让爱情左右自己选择的太后和一个在母亲严厉教导下茁壮成长的小皇帝所形成的伟大的母子关系，也是中国帝制内幕里最光鲜的历史章节，大清的慈禧显然受到了启发，但未得精髓。

她不仅是一位成功的朝政管理者，而且仿效阿保机的皇后成为一位鲜有败绩的军事统领，领导着属于自己的拥有一万骑兵的斡鲁朵。她对内勤修国政，锐意改革；对外赏罚严明，将士用命，东降女真，南抗宋朝，西攻党项、回鹘，北侵铁勒，陷入低谷的辽国再次雄起。

她的精彩表演才刚刚开始，真正成就她英名的是形同纸老虎的大宋。公元986年，宋太宗命令征服南唐的名将曹彬率东路军兵进涿州，让征服南汉的名将潘美率西路军出雁门，田重进率中路军大举进攻辽国，试图夺回丢失已久的燕云十六州。战争初期，宋军进展顺利，尤其是潘美、杨业率领的西路军战绩辉煌，大有黑云压城、山雨欲来之势。萧太后面临强敌，运筹帷幄，一方面下令耶律休哥固守南京（今北京），阻止东线宋军主力北进；一方面命耶律斜轸进军山西，阻击宋西路军；自己则亲率精骑实施机动策应，与休哥形成钳击态势，在岐沟关（今河北涿州市西南）一举击溃曹彬统率的十万东路军，然后在中路、西路实施了大规模反击，迫使宋军全线溃退，创造了中国古代史上内线机动作战的奇迹。

北宋西路军副帅杨业听到宋军失利的消息，即行护送内附的汉人向内地撤退，但西路军统帅潘美和监军王侁却逼迫杨业向辽军发起攻击。杨业预料此去必败，因而请求潘美、王侁在今山西朔县陈家沟谷口派伏兵接应。杨业一路血战，勉强抵达约定的地点，却远远发现谷口空无一人，原来潘美、王侁久等杨业不至早已撤兵而去，杨业不禁放声大哭。陷入契丹重围的宋军全部战死，杨业的坐骑被箭射中，杨业落马被俘，绝食三日壮烈殉国。杨业的长子杨延玉同时遇难。

战后，杨业被宋太宗追赠为太尉、大同节度使，杨业的六子杨延昭出知景州，杨业的其他五个儿子都受到重用，"杨家将"从此名扬天下。而潘美被连降三级，王侁被发配金州。

岐沟关一战使萧太后声名鹊起，但她的英名又何止于此？

五 澶（chán）渊之盟

岐沟关大战之后，宋由攻变守，辽由守转攻。

公元1000年，一个不会给读者带来记忆负担的年份，辽军大举南下，但杨延昭坚守的遂城（今河北徐水北）使其久攻不下，锐气受挫。

连猎狗都知道，将啃不动的骨头吐出来，换个便于着力的位置，以便顺顺当当地把它吃掉，况且是熟读兵法的萧太后了。于是，辽军绕过遂城，在疏于防范的瀛州生擒宋将康保裔，还深入齐州（今山东济南）和淄州（今山东淄博）大掠而回。宋朝大将范廷召一直尾随在后，不敢进击，等到辽军退出边界，他才上奏章说是他把敌人赶走的。刚刚即位的宋真宗赵恒十分高兴，即兴在大名府行宫的墙壁上作了一首《喜捷诗》，搞得群臣不得不上表庆贺。

公元1004年秋，辽圣宗和萧太后亲率二十万大军南下。辽军充分发挥了骑兵在平原旷野上的优势，一路破关夺隘，势如破竹，连下宋朝天雄、德清两座重镇，并避开宋军坚守不出的城池，直抵黄河北岸的澶州（今河南濮阳西南），此地距宋都开封不过一百公里。

宋廷一片慌乱，文武百官大多主张南逃金陵或西迁成都，唯有宰相寇准声称"唯可进尺，不可退寸"，督促宋真宗前往澶州督师。在万般无奈中，宋真宗强打精神随军前往。此时，辽军孤军深入，后援不足，狂妄自大、亲临城下巡视地形的统帅萧挞凛又被宋将张瓌用新发明的床子弩射死，辽国上下震动。而宋军将士见皇帝亲临前线，似注射了强心剂一样军心大振，欢呼声、万岁声不绝于途。

按说这是反戈一击的最佳时机，然而消极的宋真宗无心恋战，而是借助上升的军威派精明的使臣曹利用前往辽营议和，这当然正中进退维谷的辽军下怀。辽要求宋割让土地，宋只应允缴纳银帛。经过一段无休止的、如马匹交易般的谈判，双方最终于公元1005年初在澶州前线达成了一个谅解备忘录。因澶州又名澶渊，所以和议被称为"澶渊之盟"。和约规定，宋辽双方领土以白沟河（河北中部）为界，应当互相尊重领土完整；宋朝应当每年提供给辽朝绢二十万匹和银十万两，以作为"助军旅之资"；任何一方不得对逃犯提供庇护，不得沿边界建立新的要塞和水渠。

在许多史料中，宋朝给契丹的岁币被描绘成给宋朝造成了沉重的负担，这显然有些言过其实。宋朝每年送给契丹的绢仅仅相当于南方一两个州的产量，而且支付的银也在宋辽日益扩大的贸易顺差中抵销。尽管"澶渊之盟"对宋来说是屈辱的，但这一协定使宋朝以有限的代价获得了持久的和平，天子驾返东京，河北行营罢除，戍兵减半，壮丁归农，民众喜从心生；契丹也获得了稳定的额外收入，减轻了军事支出并致力于国内发展。我认为，"澶渊之盟"是在意识形态要求之上的政治务实主义的巨大成功，它为一个世纪的稳定与和平铺平了道路。

要把阳光播洒到别人心里，先得自己心里有阳光。

六　竭泽而渔

公元1009年，临朝摄政二十七年的萧绰结束了叱咤风云的一生，耶律隆绪独立执掌国政。他以性格温和、慈孝天然、宽严有度、刑赏信必而著称，流风余韵馨及后世。

接下来就不容乐观了，因为人类所有的进程都要服从特定的盛衰规律，一个王朝也不例外。这个北方的泱泱大国，从草原启程时还是青春焕发，当她拖着沉重的脚步，跟跟跄跄走了上百年路程后，已经貌迈气衰，深深潜沉到历史的一隅。国家统治者们不再骑马走在军队的前头，而是待在宫殿里终日与绝色美女嬉闹，或者懒洋洋地斜躺在床上欣赏舞女的柔曼身段，静听琴师演奏的美妙音乐。

随后即位的兴宗耶律宗真是一个以调戏村姑民妇为乐的"玩家"。道宗耶律洪基当政期间，不仅强迫皇后自杀，还将太子囚禁致死，晚年甚至与大臣的妻子私通。末代皇帝天祚帝耶律延禧，是被囚禁致死的皇太子的儿子，他上台后立刻反攻倒算，受宠的大臣被免职，流放的人被召回宫廷，被迫自杀的皇太后被重新安葬，冤死的父亲也被追加了庙号。但在发泄完仇恨后，他陷入了因循守旧与无所作为的怪圈。他最大的失误还不在于碌碌无为，而是对境内各民族的肆意践踏。

天祚帝经常派遣使者带上银牌到女真部落索取鹰隼、珍珠和貂皮。更可气的是，这些"银牌使者"每到一处，除了向女真人敲诈财物，还要他们进献美女伴宿。起初是指定平民未嫁女子相陪，后来使者络绎不绝，他们便仗着大国权势自行选择美女，不问有无丈夫，也不问是否出于名门。

是可忍孰不可忍。生女真完颜部首领阿骨打振臂一呼，几乎所有的血性男儿都聚集到他的周围，组成了一支同仇敌忾、步调一致、攻无不克的军队。在天祚帝忙着打猎的时候，阿骨打已经建立金国，并且攻占了辽国的军事前哨黄龙府（今吉林农安）。入侵者骑着飞快的战马，嗷嗷高叫着，挥舞着弓箭向他们逼近。惊恐万状的天祚帝急忙下诏亲征，但他哪里是阿骨打的对手，辽军刚刚越过松花江就溃不成形，部下纷纷倒戈。

能使愚蠢的人低下脑袋的，并不是言辞，而是厄运。黔驴技穷的天祚帝只得与金议和，向金称兄，割让长春、辽东，每年输送银绢二十五万。签下和约的天祚帝认为可以高枕无忧了，从此除了不停地游猎，就是和一位大臣娼妓出身的老婆云奇在宫中胡来。

公元1120年5月，阿骨打率精兵攻入契丹人的圣地上京。国家生死存亡之际，辽国宠臣萧奉先不仅将告急文书压下，而且诬告大将耶律余睹政变，逼使余睹投降金国继而作为金国先锋反戈一击，攻占了辽国中京大定府。

刚刚逃奔南京的天祚帝，听到中京陷落的消息，急忙留下亲王耶律淳守卫南京，自己则逃向西京大同府。西京守将开城投降后，他又丢下女儿和财宝仓皇逃走。

七　苟延残喘

在将士拼死抵抗的日子里，天祚帝正像一张给风兜着的废纸，惶惶地向西奔逃。宫廷与皇帝的所有联系都被隔绝。

国不可一日无君，正如天不可久阴。南京群臣在奚王和耶律大石率领下，于公元 1122 年三月拥戴亲王耶律淳为新皇帝，耶律淳所管理的南部定居地区习惯上被称为"北辽"；天祚帝则被降级为湘阴王，他的权力被局限在极西的游牧部落地区。

史载，北辽宣宗耶律淳上任后的第一件事，就是将天祚帝倚为"肉拄杖"的大臣刘彦良及其淫乱误国的妻子云奇公开处死。第二件事就是为摆脱困境拼命扩军。承担扩军重任的耶律大石试图从契丹和奚族难民中征集一支新军，但这些难民太贫困太瘦弱了，以至于被民间授予了一个"瘦军"的绰号。渤海钦州（今辽宁营口东南）人郭药师也在先前受命招募了一批辽东饥民，因怨恨女真而号称"怨军"。

尽管耶律淳事事鞠躬尽瘁，但仍然处处捉襟见肘。无奈之下，他派出告谢使出使宋朝，想以免除岁币为条件求得宋朝的承认与援助。使者带回来的消息令人哭笑不得，一向软弱可欺的宋朝突然强硬起来，他们不仅百般嘲弄北辽免除岁币的"好意"，而且要求辽国赶快投降。于是，北辽在最不合适的时间以最不情愿的态度接受了宋朝的挑战。

宋朝按照与金国订立的"海上之盟"，派宦官童贯率兵十万进攻北辽的南京。骄傲的宋军先后被耶律大石、萧干击败，横尸遍野。

来自宋军的压力暂时解除了，周围的压力又接踵而至。北辽向金求和被严词拒绝，天祚帝又放言准备打回南京。沮丧到极点的耶律淳一病不起，在位九十八天便撒手人寰。通常情况下，人一直都在向往山顶。可一旦到达山顶，往往会发现那里只有光秃秃的岩石，悲旋的高风，四垂的蓝天。耶律淳就是例证。

耶律淳没有子嗣，只得遗命传位给天祚帝之子梁王耶律雅里。然而此时梁王正与天祚帝在西部逃亡，万般无奈之下只能推举耶律淳的妻子德妃担任摄政。她并非"萧太后第二"，根本无法力挽狂澜，只能守着一个破摊子艰难度日。

公元1122年末，呼啸的北风吹响了冬季的号角，漫天的雪花扑打着满目疮痍的北国。金兵突然向南京扑来，继续猛烈摇晃北辽这片枯树上的黄叶。听到探马的报告，德妃慌忙派出强兵把守"固若金汤"的居庸关。也许上天早有安排，当金兵来到关下时，山上的崖石竟然自行崩落，守关的北辽官兵大多数被压死，金兵破关进入南京。

赶在金兵到来之前，倒霉的女摄政王出古北口，抄小路逃入奚人地区。在那里，他们分成两部分，奚人和渤海军队跟随萧干进入奚人本土，建立了五个月的大奚王朝；女摄政王和耶律大石率契丹军队向西投奔天祚帝，在西夏边境与旧皇帝成功会合。会合后的结果比投降还惨，女摄政王被处死，死去的耶律淳被从皇族花名册中划去了名字。

这时的天祚帝仍刚愎自用，一再坚持实施收复国土的自欺欺人的计划，耶律大石在几次劝说未果又不被信任的情况下，不得不偷偷与天祚帝分道扬镳。

天祚帝顿时成为孤家寡人，只得带着少数亲兵经沙漠西逃。公元1125年初，他被沿着雪地上的印迹追踪而至的金将擒获，囚禁在金国的中都。期间，宋、辽两位被俘的皇帝进行了一场别开生面的马球比赛，身体肥壮的天祚帝取得了胜利，柔弱多病的宋钦宗则被乱马踏死。已经八十多岁的他企图趁乱逃走，结果被乱箭活活射死。

八　远走高飞

与天祚帝分道扬镳的耶律大石，出身进士，是一位文武全才。他在与天祚帝会合后，真心实意地追随天祚帝，苦心孤诣地惨淡经营风雨飘摇的局面，却得不到信任，并处于随时被杀戮的危险之中。原因无非是他才华横溢，而且有过拥立耶律淳的"污点"。按照中国传统观念，一个人最重要的是仁义忠孝，有没有才华、能力、功劳、政绩倒在其次，甚至平庸一点更好，显得老实、忠厚、可靠。所以，传统社会的中国人宁肯选择懦弱的刘备，也不选择精干的曹操；对屡吃败仗却忠心不贰的关羽推崇备至，奉若神明，而对百战百胜却功高震主的韩信说三道四。

大石绝望，郁闷，万念俱灰，心惊胆战。但就是这种绝望，永远地、彻底地改写了他的下半生。公元1124年七月，耶律大石佯装生病，杀死监视自己的北院枢密使，率二百铁骑连夜向西逃跑。在可敦城，他受到了鞑靼、乌古等十八部众的拥戴，得精兵万余人。然后，他率领这支没有退路的哀兵，用激情划破了从帕米尔到咸海之间的广阔天空，使东部喀喇汗王朝和高昌国承认了他的宗主权。西域处处飘扬起契丹人黑色的旗帜，这枝绝色玫瑰终于在西域自由地绽放了。

公元1131年，耶律大石在新建的叶密立城（今新疆额敏）自称葛尔罕（又叫菊儿汗，意为普天下之汗），国号仍为大辽，史称"西辽"，又称喀喇契丹。两年后，迁都八剌沙衮（今吉尔吉斯托克马克附近），都城改名虎思斡尔朵（契丹语为坚固的宫帐）。

几度春风过后，他们长途跋涉的疲惫消失了，牲口长了肥膘，大石认为反击金兵、中兴辽朝的时机已经成熟，于是任命萧斡里喇为兵马大元帅，带领七万将士在公元1134年春东征。东征军接连征服了喀什噶尔、和阗、和州，正当凯歌高奏时，一场罕见的沙漠风暴突然降临，大量牛马和士兵被流沙湮没。迷信的大石认为皇天不顺，从此永远放弃了复国的宏愿。

经验告诉我们，梦想的高度，最好在视线所及的范围内。因此，大石开始专心经营开拓他的西部疆土。公元1141年，西部喀喇汗王朝大汗马赫穆德与葛逻禄人发生武装冲突，他们分别向塞尔柱帝国残余忽儿珊国和西辽求援。忽儿珊苏丹桑贾尔亲率十万中亚联军北渡阿姆河扑向西辽，耶律大石则亲率西域联军迎战。

九月九日，两军在撒马尔罕北部的卡特万草原相遇。面对数倍于己的敌人，西辽摆出哀兵之势，六院司大王萧斡里剌率两千五百名骑兵攻敌右翼，枢密副使萧剌阿不率两千五百名骑兵攻敌左翼，大石统率大军从中间突击，三把匕首同时插入敌军胸膛。中亚联军大败，三万多人横尸荒野，桑贾尔侥幸逃脱，他的妻子和左右两翼指挥官均成为俘虏。这次著名的战役，使塞尔柱突厥势力退出阿姆河以北，也使西部喀喇汗朝、花剌子模成为西辽的附庸。至此，西辽结束了中亚长期分裂的格局，建起了东起哈密，西至咸海，南抵阿姆河，北达叶尼塞河上游的辽阔帝国。

耶律大石万万想不到，当皇位传到他的孙子耶律直鲁古时，国家机器就出现了故障，因为耶律直鲁古是一个对权力提不起兴趣的庸人，他傻乎乎地将权力交给了上门女婿——乃蛮部太阳汗之子屈出律，结果被女婿架空。后来，屈出律又娶了一个信仰佛教的美女，自己皈依了佛教不说，还强迫伊斯兰教徒放弃信仰，并把伊斯兰教长剥光衣服钉死在伊斯兰教学院门口。

公元1218年，蒙古大将者别率军进攻名义上的西辽，备受虐待的伊斯兰教徒纷纷叛归蒙古，屈出律被处死，名义上的西辽正式亡国。

部分西辽人来到今伊朗克尔曼省建立了完全伊斯兰化的儿漫王朝，俗称后西辽。中原契丹人下场就惨了，金朝改契丹耶律姓为移剌，萧姓为石抹，还把女真国姓完颜赐给了契丹人。契丹人多数融入女真、蒙古、汉族，少数融入维吾尔、哈萨克、土族、朝鲜。

九　一道数学题

在东亚历史上有一道简单的数学题：如果甲国有一百万平方公里的肥沃土地，毗邻的乙国特别想得到它。甲国软弱，乙国强悍，乙国占有甲国这片土地需要多少时间呢？

要解答这道题，请看"北极熊"蚕食中国东北领土的故事。

展开世界地图，在亚洲东北部，两条细线般的额尔古纳河和石勒喀河，一起汇入了更为粗壮的黑龙江，然后几乎笔直地奔腾东去，一直注入波卷浪涌的太平洋。河流全长四千四百四十公里，流域面积一百八十五点五万平方公里。这里曾经生活着多个中国的古老民族。

在十六世纪中叶以前，地处东北欧的俄罗斯领土面积仅为二百八十万平方公里。沙皇伊凡四世执政后，俄国才迈开了向东方扩张的步伐。公元1581年，八百四十名哥萨克重刑犯组成的远征军越过乌拉尔山向东进发，不到六十年，就占领了整个西伯利亚。并抓住清军入关的机遇，侵入了我国黑龙江流域，强占了雅克萨城和尼布楚城。

为了保卫神圣领土，康熙于公元1685年、1686年两次派兵进攻雅克萨城。俄军首领托尔布津中炮身亡，他那八百人的部队只剩下可怜的六十六人。清朝取得了自卫反击战的彻底胜利。

败讯传回沙俄，摄政王索菲亚公主被迫派专使赴北京谈判。公元1689年，中俄双方代表签订了《尼布楚条约》。中国边界内徙至额尔古纳河和外兴安岭，此线以西、以北划归俄国。

"北极熊"对这个条约一直耿耿于怀。一百六十年之后，它卷土重来。

公元1858年的大清，如同一个被岁月耗尽了精力的老人，已经变得瘦如秋风、步履维艰。抓住时机，沙俄以武力侵入了黑龙江流域，迫使黑龙江将军奕山签订了中俄《瑷珲条约》，割占了我国外兴安岭以南、黑龙江以北六十多万平方公里的土地；乌苏里江以东直到海边的约四十万平方公里的地区划为中俄两国"共管"。公元1860年，沙俄通过签订中俄《北京条约》，又强迫清朝割让了乌苏里江以东包括库页岛在内的四十万平方公里的土地。至此，我国一百万平方公里的领土化为乌有，东北三河流域的中国土地仅剩下八十六万平方公里，黑龙江、乌苏里江由我国的内河变成边界河。

这道题的答案是，"北极熊"蚕食中国东北一百万平方公里的土地，只用了短短三年。我之所以讲这个故事，是因为故事涉及雅克萨城的建设者——契丹人的后裔达斡尔人（意为开拓者、耕耘者）。

据考证，辽灭亡后，达斡尔人为了摆脱金国的残暴统治，便朝额尔古纳河以西、黑龙江以北移动，建立了中心城市雅克萨城。

公元1650年，雅克萨被俄国哥萨克骑兵侵占，许多达斡尔城寨被血洗，他们被迫南迁到嫩江流域并分成了两部分，从事射猎的被大清编为索伦部落二十九佐领，从事农耕的被编为达斡尔十一佐领。公元1764年，朝廷征调黑龙江索伦兵携带家眷远赴伊犁霍尔果斯驻防。从此万里之外的新疆塔城有了达斡尔人。而留在嫩江左畔的达斡尔，如今多聚居在莫力达瓦达斡尔族自治旗内。

令人惊奇的是，今人在云南也发现了契丹人的后裔。据说是在辽国灭亡后，天祚帝八弟阿育率部转战到云贵川一带，取阿保机的首字改姓阿，继而改姓莽、蒋，后来自称"本人"，现有人口十万。千年后的今天他们仍保留着十九个契丹小字和一幅完整的青牛白马图。

另据《齐鲁晚报》2002年十一月一日报道，中国医学科学院和社会科学院联合进行了分子考古学研究，课题组从契丹墓葬标本中提取DNA，然后采集云南蒋姓"本人"血样一百份并提取DNA，经过聚合酶链式反应、克隆测序、比较分析，最后的结论是——达斡尔与蒋姓"本人"有着相似的父系起源。

契丹后裔之谜大白于天下。

中华民族历史脉络图

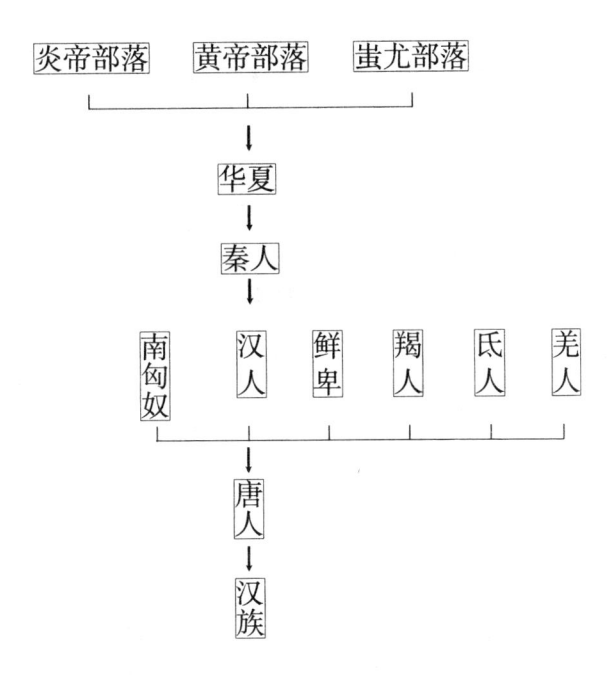

一

```
炎帝部落    黄帝部落    蚩尤部落
   └─────────┼─────────┘
             ↓
            华夏
             ↓
            秦人
             ↓
  ┌────┬────┼────┬────┬────┐
 南匈   汉   鲜   羯   氐   羌
 奴    人   卑   人   人   人
  └────┴────┼────┴────┴────┘
             ↓
            唐人
             ↓
            汉族
```

二

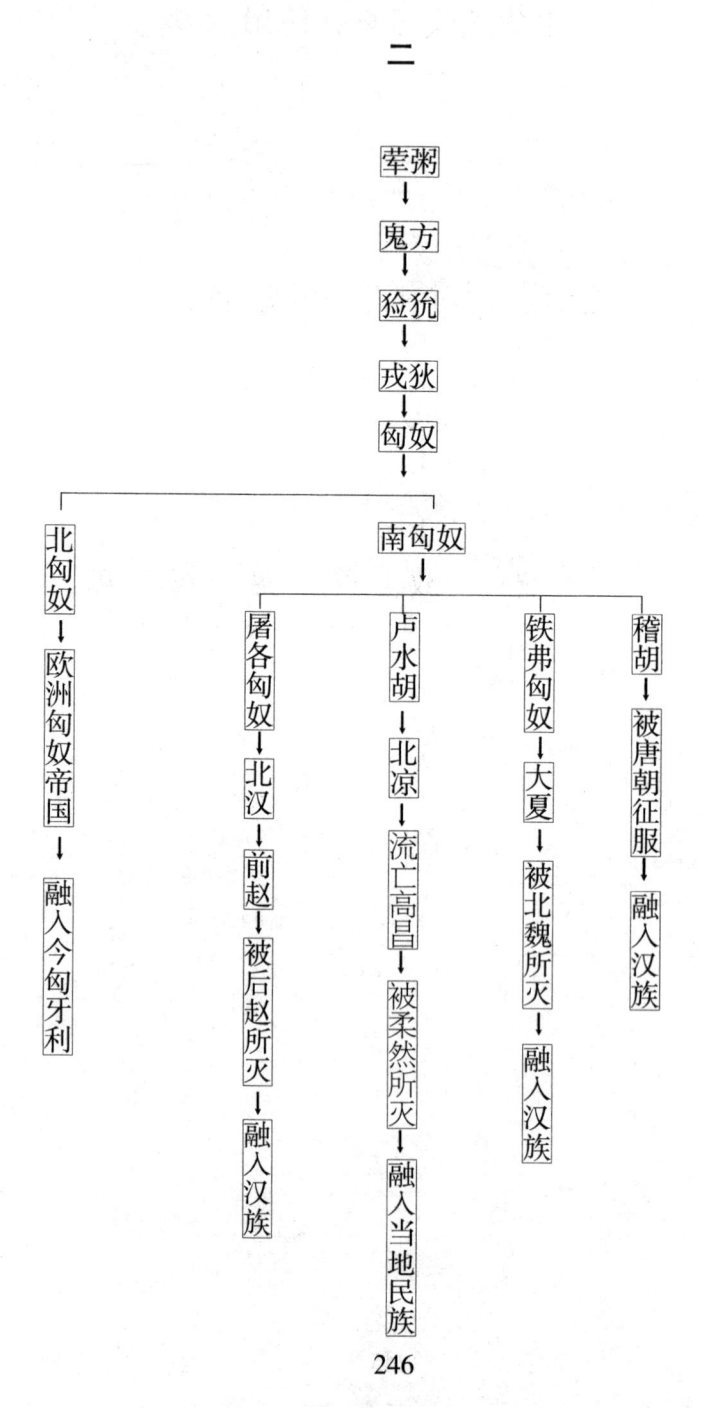

荤粥 → 鬼方 → 猃狁 → 戎狄 → 匈奴

匈奴分为：
- 北匈奴 → 欧洲匈奴帝国 → 融入今匈牙利
- 南匈奴
  - 屠各匈奴 → 北汉 → 前赵 → 被后赵所灭 → 融入汉族
  - 卢水胡 → 北凉 → 流亡高昌 → 被柔然所灭 → 融入当地民族
  - 铁弗匈奴 → 大夏 → 被北魏所灭 → 融入汉族
  - 稽胡 → 被唐朝征服 → 融入汉族

三

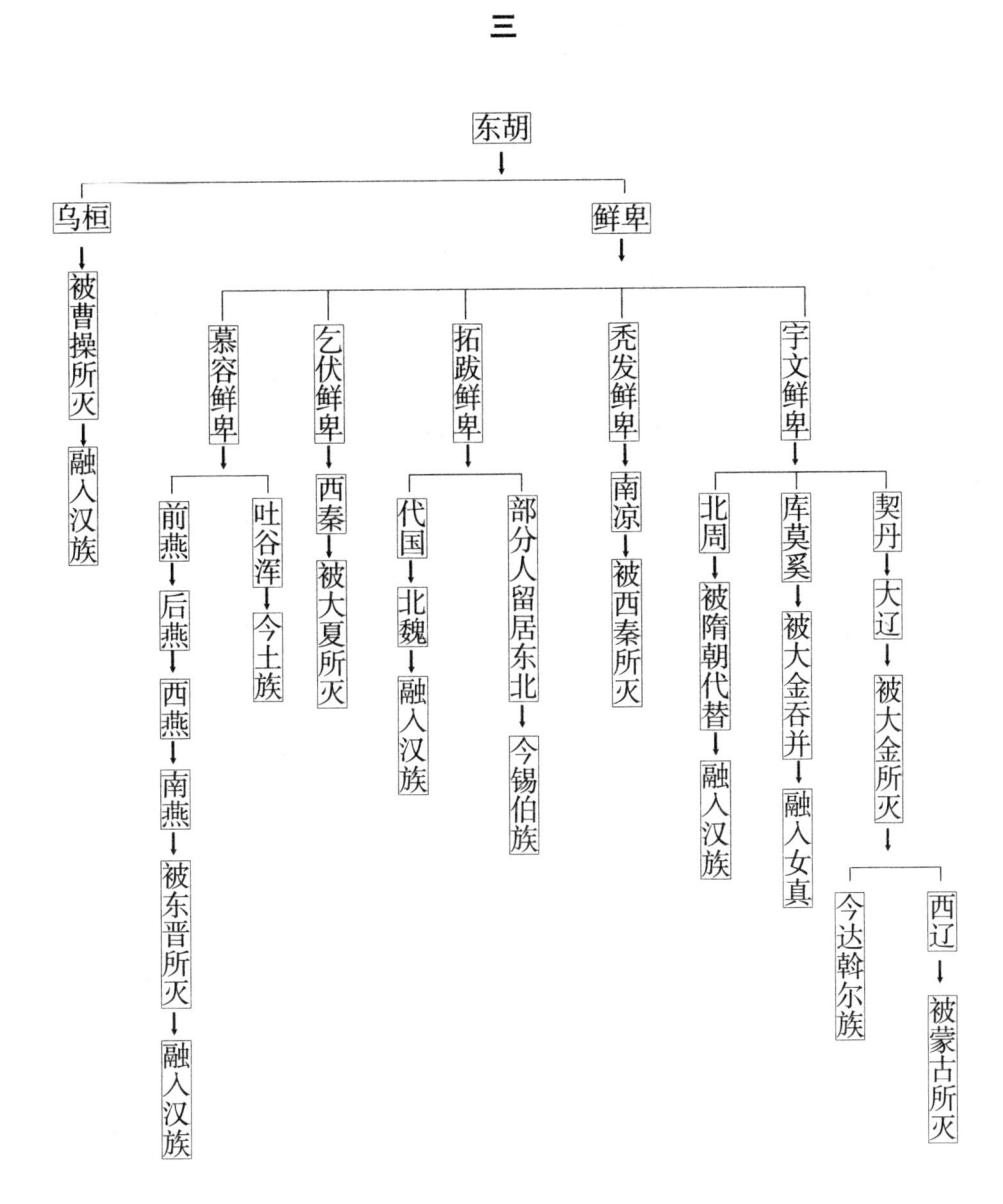

```
东胡
├── 乌桓 → 被曹操所灭 → 融入汉族
└── 鲜卑
    ├── 慕容鲜卑
    │   ├── 前燕 → 后燕 → 西燕 → 南燕 → 被东晋所灭 → 融入汉族
    │   └── 吐谷浑 → 今土族
    ├── 乞伏鲜卑 → 西秦 → 被大夏所灭
    ├── 拓跋鲜卑
    │   ├── 代国 → 北魏 → 融入汉族
    │   └── 部分人留居东北 → 今锡伯族
    ├── 秃发鲜卑 → 南凉 → 被西秦所灭
    └── 宇文鲜卑
        ├── 北周 → 被隋朝代替 → 融入汉族
        ├── 库莫奚 → 被大金吞并 → 融入女真
        └── 契丹 → 大辽 → 被大金所灭
            ├── 今达斡尔族
            └── 西辽 → 被蒙古所灭
```

四

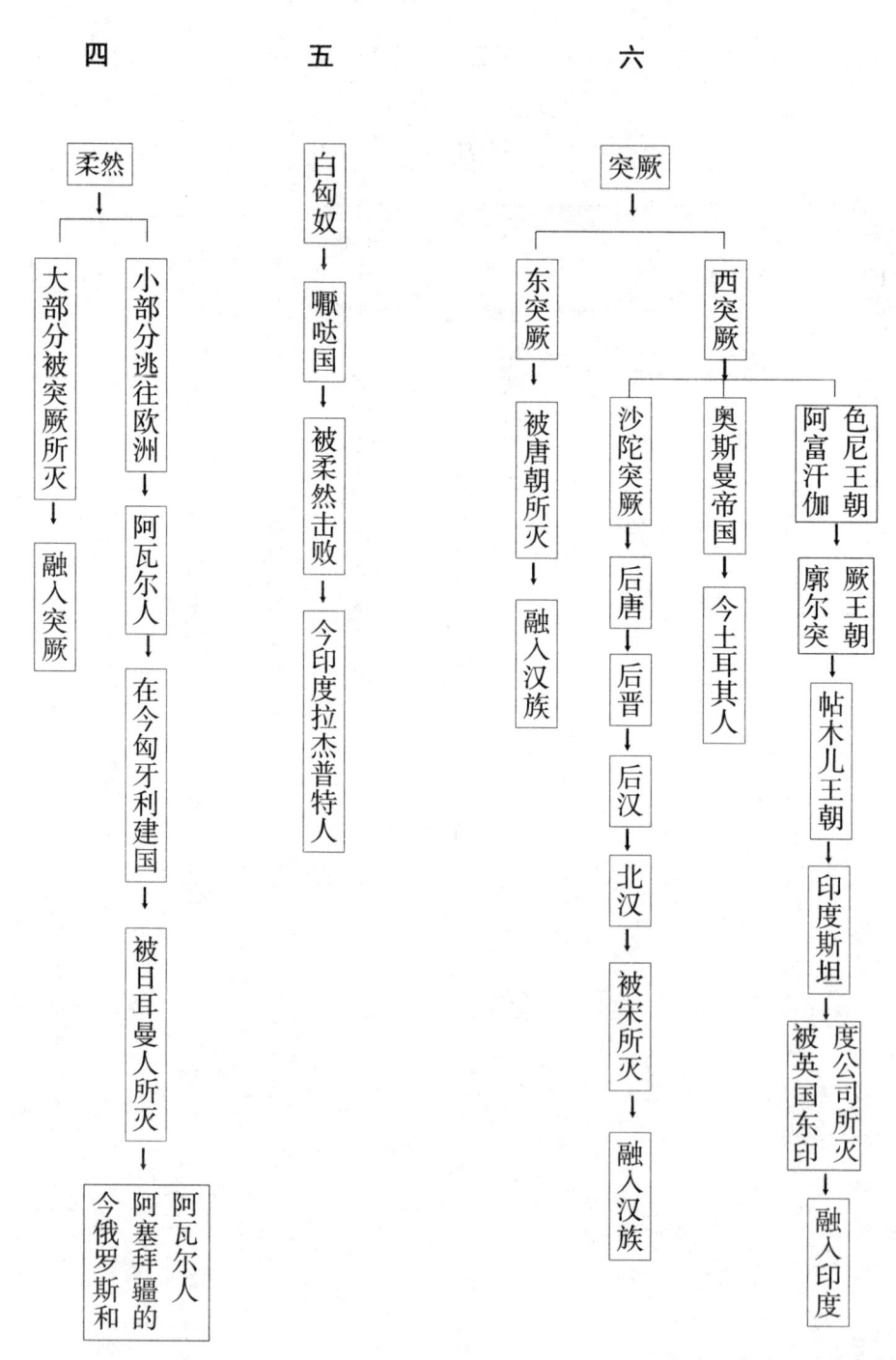

柔然
├─ 大部分被突厥所灭 → 融入突厥
└─ 小部分逃往欧洲 → 阿瓦尔人 → 在今匈牙利建国 → 被日耳曼人所灭 → 阿瓦尔人今俄罗斯和阿塞拜疆的

五

白匈奴 → 嚈哒国 → 被柔然击败 → 今印度拉杰普特人

六

突厥
├─ 东突厥 → 被唐朝所灭 → 融入汉族
└─ 西突厥
　├─ 沙陀突厥 → 后唐 → 后晋 → 后汉 → 北汉 → 被宋所灭 → 融入汉族
　├─ 奥斯曼帝国 → 今土耳其人
　└─ 阿富汗伽色尼王朝 → 廓尔突厥王朝 → 帖木儿王朝 → 印度斯坦 → 印度公司所灭 被英国东印 → 融入印度

248

七

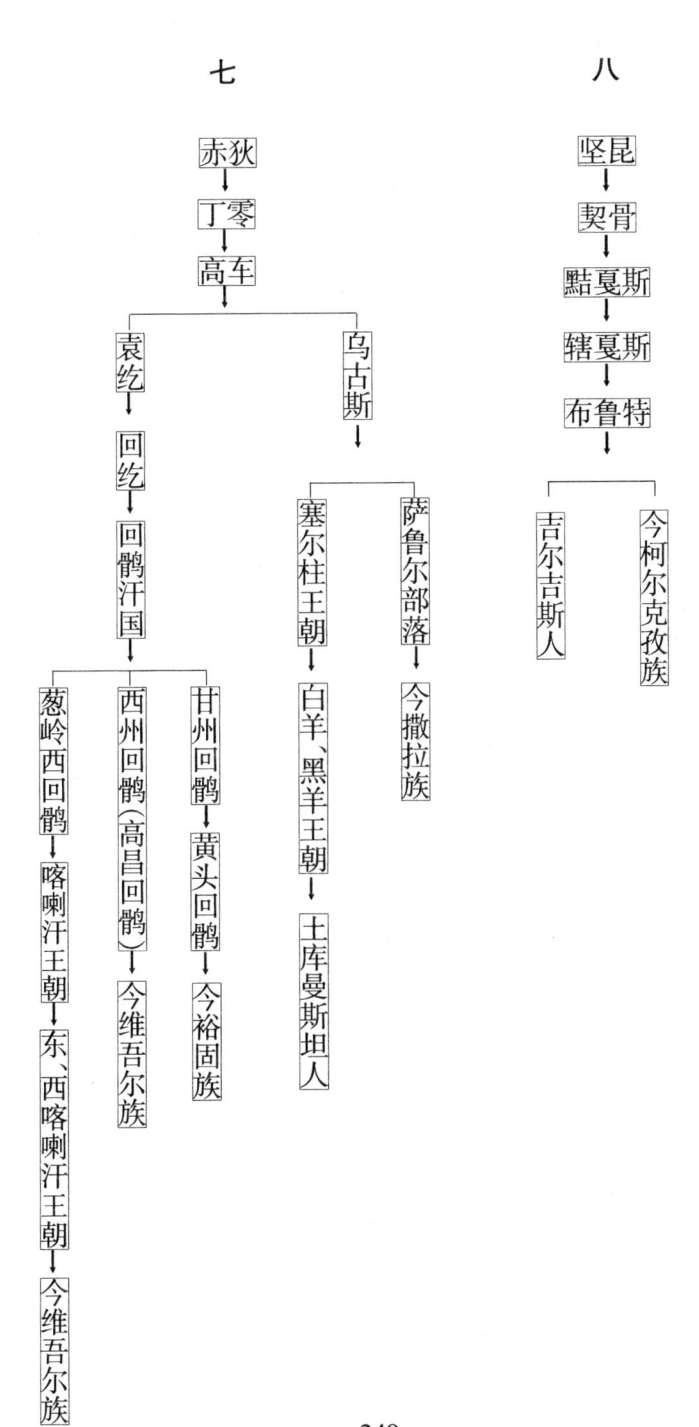

赤狄 → 丁零 → 高车

高车 → 袁纥 → 回纥 → 回鹘汗国
高车 → 乌古斯

回鹘汗国 → 葱岭西回鹘 → 喀喇汗王朝 → 东、西喀喇汗王朝 → 今维吾尔族
回鹘汗国 → 西州回鹘（高昌回鹘）→ 今维吾尔族
回鹘汗国 → 甘州回鹘 → 黄头回鹘 → 今裕固族

乌古斯 → 塞尔柱王朝 → 白羊、黑羊王朝 → 土库曼斯坦人
乌古斯 → 萨鲁尔部落 → 今撒拉族

八

坚昆 → 契骨 → 黠戛斯 → 辖戛斯 → 布鲁特

布鲁特 → 吉尔吉斯人
布鲁特 → 今柯尔克孜族

九

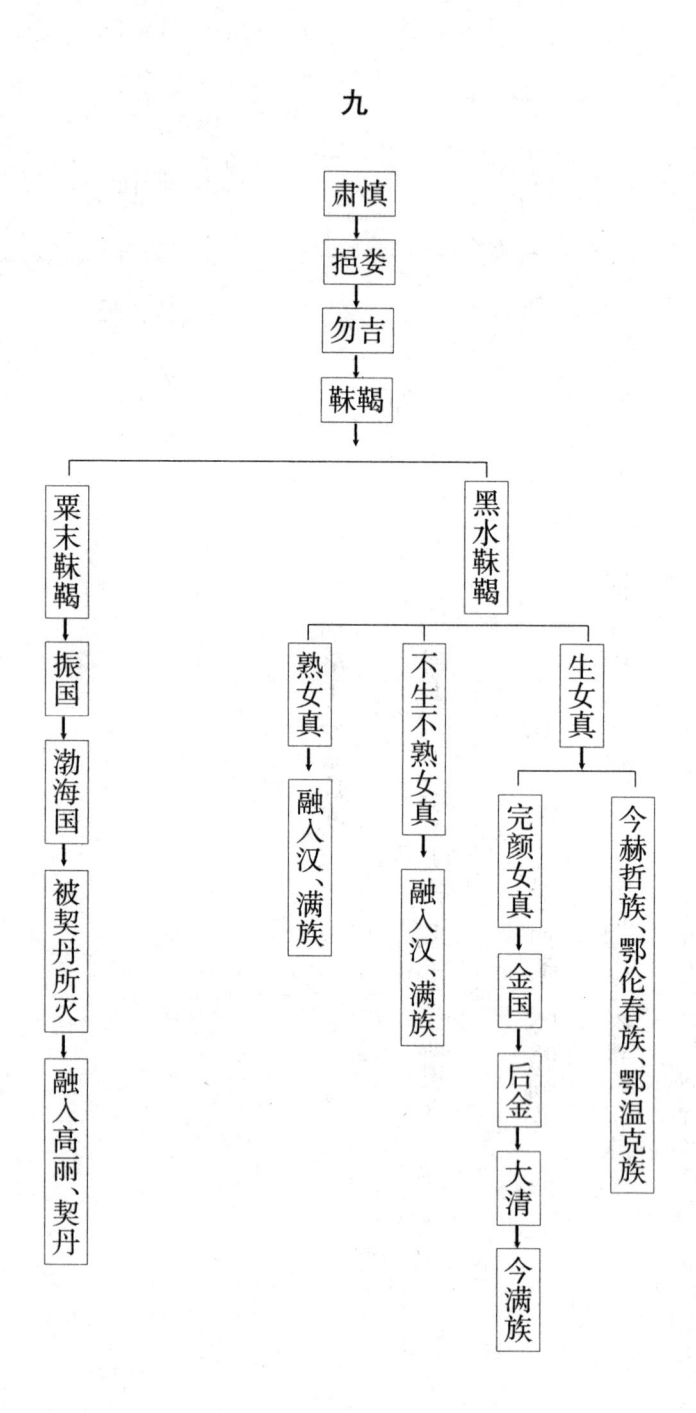

```
肃慎
 ↓
挹娄
 ↓
勿吉
 ↓
靺鞨
```

├─ 粟末靺鞨 → 振国 → 渤海国 → 被契丹所灭 → 融入高丽、契丹

└─ 黑水靺鞨
　　├─ 熟女真 → 融入汉、满族
　　├─ 不生不熟女真 → 融入汉、满族
　　└─ 生女真
　　　　├─ 完颜女真 → 金国 → 后金 → 大清 → 今满族
　　　　└─ 今赫哲族、鄂伦春族、鄂温克族

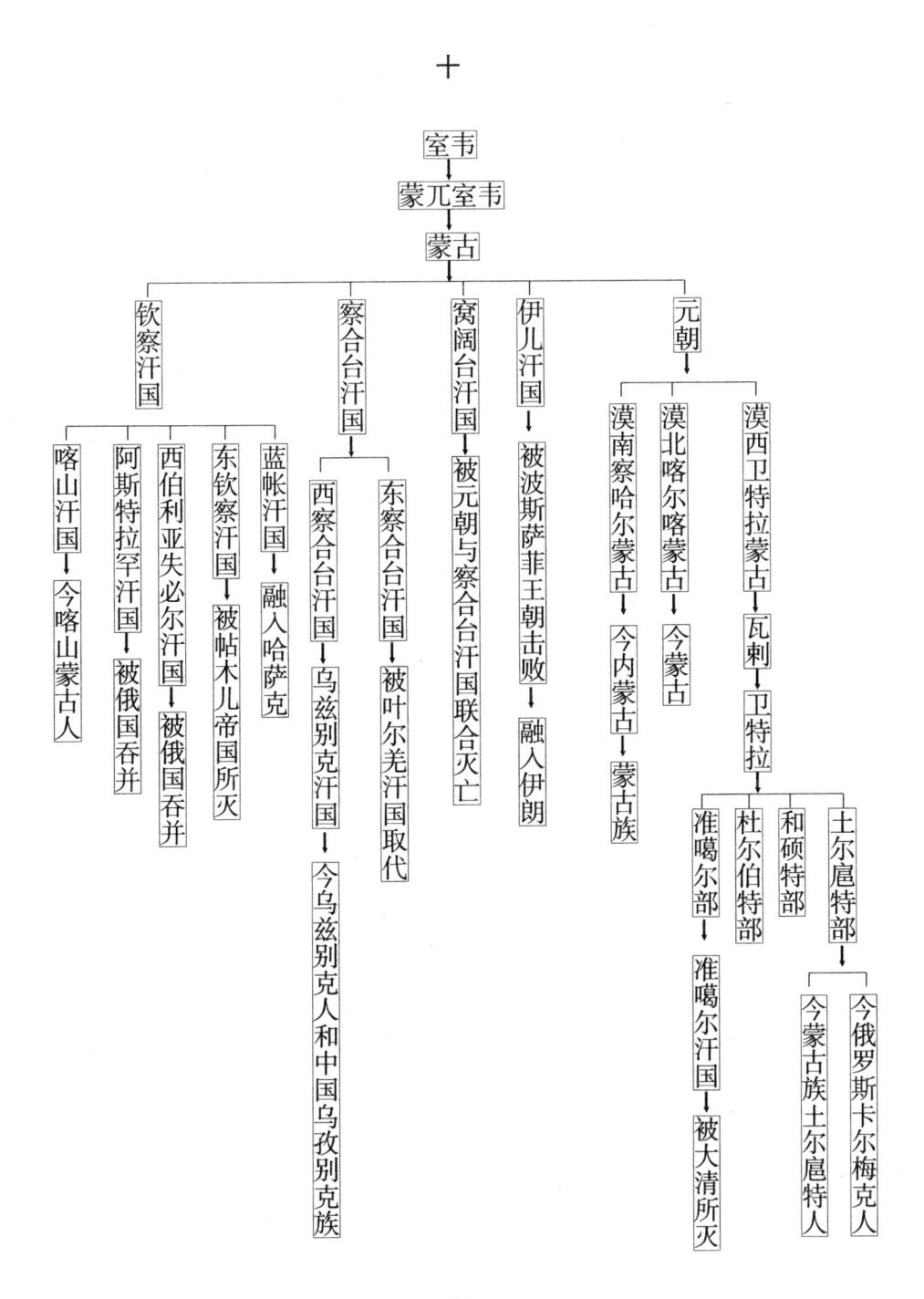

```
室韦
 └─ 蒙兀室韦
     └─ 蒙古
         ├─ 钦察汗国
         │   ├─ 喀山汗国 → 今喀山蒙古人
         │   ├─ 阿斯特拉罕汗国 → 被俄国吞并
         │   ├─ 西伯利亚失必尔汗国 → 被俄国吞并
         │   ├─ 东钦察汗国 → 被帖木儿帝国所灭
         │   └─ 蓝帐汗国 → 融入哈萨克
         ├─ 察合台汗国
         │   ├─ 西察合台汗国 → 乌兹别克汗国 → 今乌兹别克人和中国乌孜别克族
         │   └─ 东察合台汗国 → 被叶尔羌汗国取代
         ├─ 窝阔台汗国 → 被元朝与察合台汗国联合灭亡
         ├─ 伊儿汗国 → 被波斯萨菲王朝击败 → 融入伊朗
         └─ 元朝
             ├─ 漠南察哈尔蒙古 → 今内蒙古—蒙古族
             ├─ 漠北喀尔喀蒙古 → 今蒙古
             └─ 漠西卫特拉蒙古 → 瓦剌 → 卫特拉
                 ├─ 准噶尔部 → 准噶尔汗国 → 被大清所灭
                 ├─ 杜尔伯特部
                 ├─ 和硕特部
                 └─ 土尔扈特部
                     ├─ 今蒙古族土尔扈特人
                     └─ 今俄罗斯卡尔梅克人
```

十一

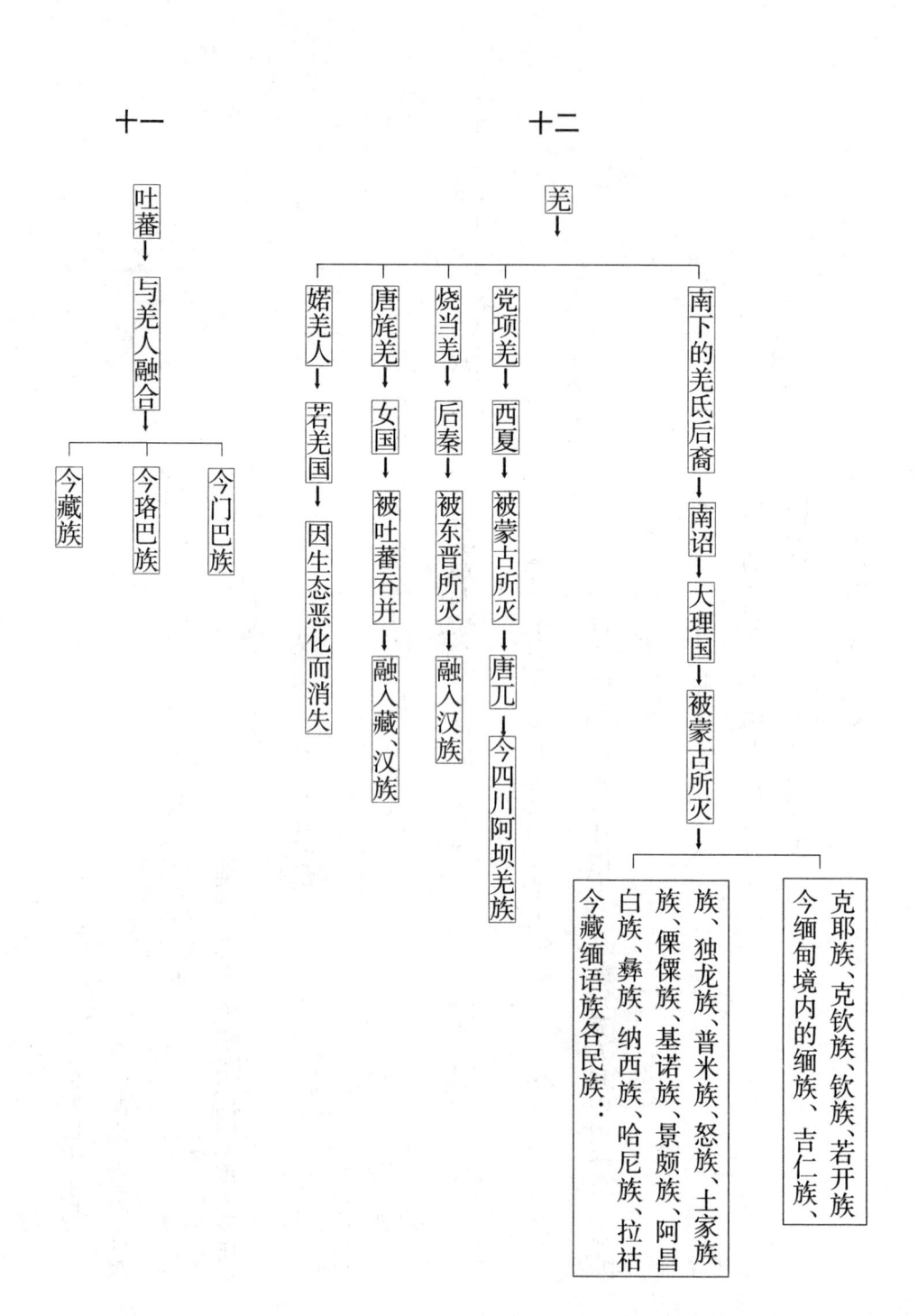

吐蕃 → 与羌人融合
- 今门巴族
- 今珞巴族
- 今藏族

十二

羌
- 婼羌人 → 若羌国 → 因生态恶化而消失
- 唐旄羌 → 女国 → 被吐蕃吞并 → 融入藏、汉族
- 烧当羌 → 后秦 → 被东晋所灭 → 融入汉族
- 党项羌 → 西夏 → 被蒙古所灭 → 唐兀 → 今四川阿坝羌族
- 南下的羌氏后裔 → 南诏 → 大理国 → 被蒙古所灭
  - 今缅甸境内的缅族、吉仁族、克耶族、克钦族、钦族、若开族
  - 今藏缅语族各民族：白族、傈僳族、基诺族、景颇族、阿昌族、彝族、纳西族、哈尼族、拉祜族、独龙族、普米族、怒族、土家族

十三

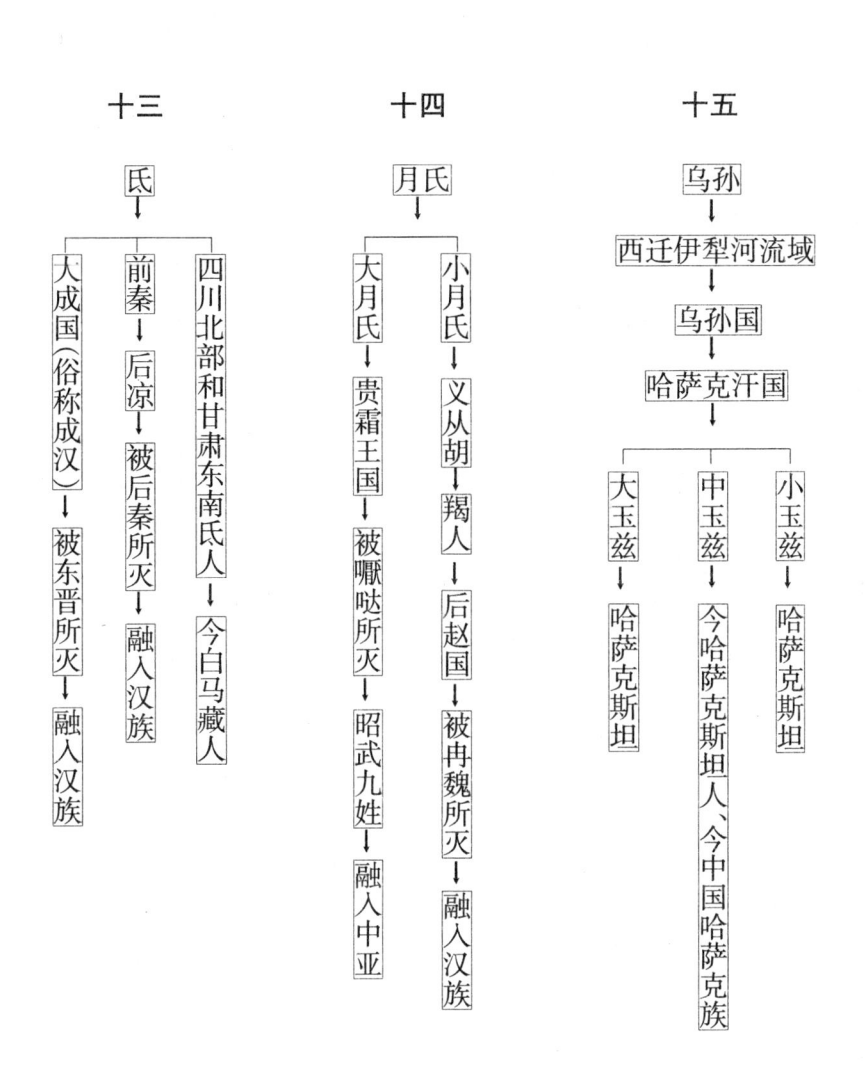

氐 →
- 四川北部和甘肃东南氐人 → 今白马藏人
- 前秦 → 后凉 → 被后秦所灭 → 融入汉族
- 大成国（俗称成汉）→ 被东晋所灭 → 融入汉族

十四

月氏 →
- 大月氏 → 贵霜王国 → 被嚈哒所灭 → 昭武九姓 → 融入中亚
- 小月氏 → 义从胡 → 羯人 → 后赵国 → 被冉魏所灭 → 融入汉族

十五

乌孙 → 西迁伊犁河流域 → 乌孙国 → 哈萨克汗国
- 大玉兹 → 哈萨克斯坦
- 中玉兹 → 今哈萨克斯坦人、今中国哈萨克族
- 小玉兹 → 哈萨克斯坦

十六

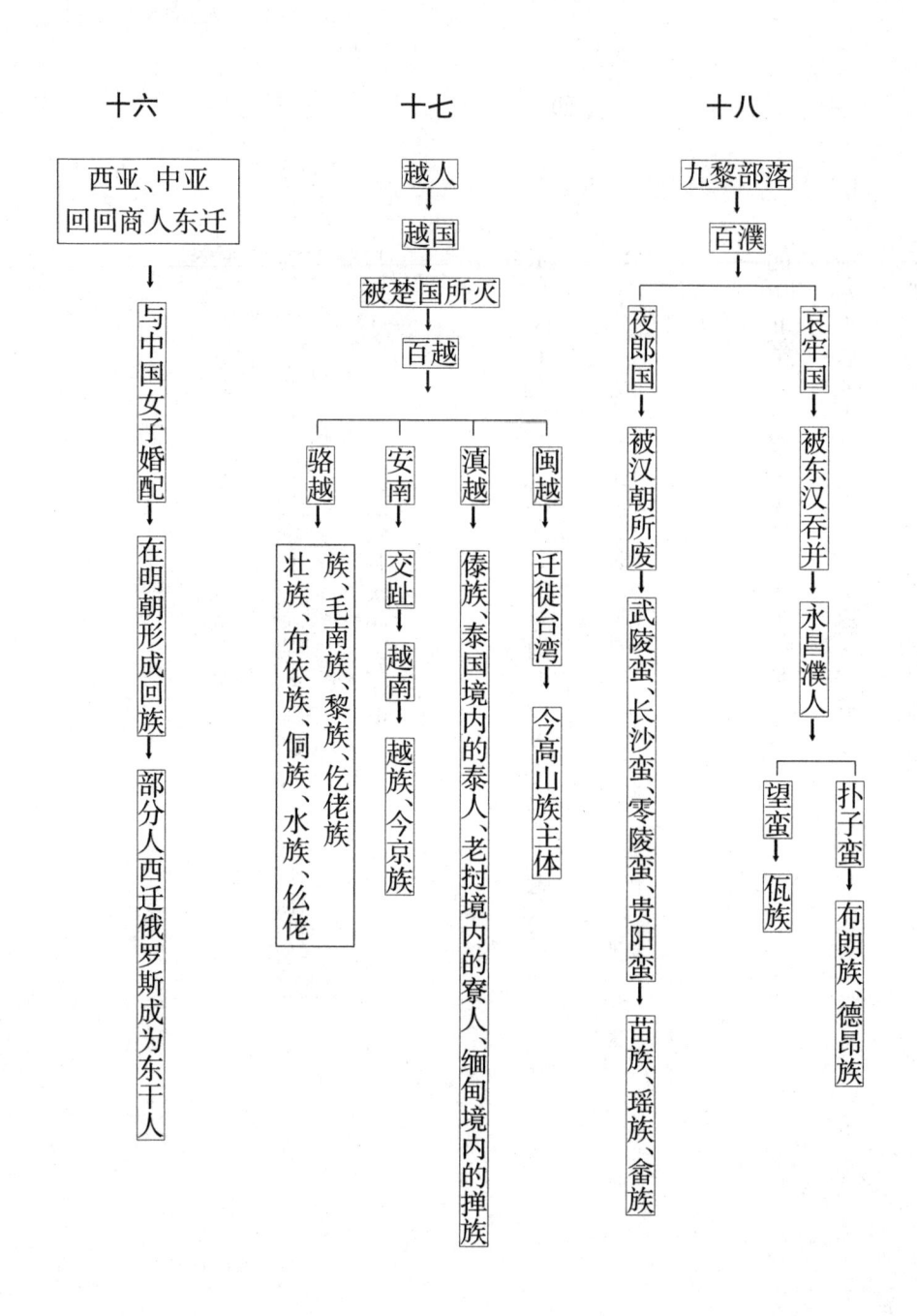

西亚、中亚回回商人东迁
↓
与中国女子婚配
↓
在明朝形成回族
↓
部分人西迁俄罗斯成为东干人

十七

越人
↓
越国
↓
被楚国所灭
↓
百越
↓
- 骆越 → 壮族、布依族、侗族、水族、仫佬族、毛南族、黎族、仡佬族
- 安南 → 交趾 → 越南 → 越族、今京族
- 滇越 → 傣族、泰国境内的泰人、老挝境内的寮人、缅甸境内的掸族
- 闽越 → 迁徙台湾 → 今高山族主体

十八

九黎部落
↓
百濮
↓
- 夜郎国 → 被汉朝所废 → 武陵蛮、长沙蛮、零陵蛮、贵阳蛮 → 苗族、瑶族、畲族
- 哀牢国 → 被东汉吞并 → 永昌濮人
  - 望蛮 → 佤族
  - 扑子蛮 → 布朗族、德昂族

十九　朝鲜人 → 明、清时期迁徙中国东北 → 今朝鲜族

二十　中亚商人 → 在甘肃临夏东乡与汉、回、蒙长期融合 → 今东乡族

二十一　鞑靼人 → 随蒙古西征 → 今克里米亚鞑靼人、今俄罗斯鞑靼人、今塔塔尔族

二十二　中亚人 → 元代进入青海同仁屯垦 → 与蒙、藏长期融合 → 今保安族

二十三　塔吉克人 → 移居中国 → 今中国塔吉克族

二十四　俄罗斯人 → 移居中国 → 今中国俄罗斯族